U0507149

口语诗

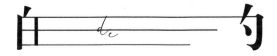

事实

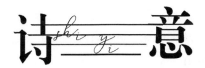

白句

诗意

主　编　伊　沙
副主编　唐　欣
　　　　马　非

青海人民出版社

图书在版编目（ＣＩＰ）数据

口语诗：事实的诗意/伊沙主编．－－西宁：青海
人民出版社,2018.12
ISBN 978-7-225-05732-3

Ⅰ．①口… Ⅱ．①伊… Ⅲ．①诗集－中国－当代
Ⅳ．① I227

中国版本图书馆 CIP 数据核字（2018）第 299013 号

选题策划：王绍玉
责任编辑：成国仙　王　伟
书籍设计：杨敬华　郑　清

口语诗

——事实的诗意

伊沙　主编

出 版 人　樊原成

出版发行　青海人民出版社有限责任公司

西宁市五四西路 71 号　邮政编码：810023　电话：（0971）6143426（总编室）

发行热线　（0971）6143516 / 6137730

网　　址　http://www.qhrmcbs.com

印　　刷　陕西龙山海天艺术印务有限公司

经　　销　新华书店

开　　本　890mm×1240 mm　1/32

印　　张　16.25

字　　数　370 千

版　　次　2019 年 1 月第 1 版　2019 年 1 月第 1 次印刷

书　　号　ISBN 978-7-225-05732-3

定　　价　68.00 元

中国
口语诗年鉴
2018

《口语诗——事实的诗意》编委会

怒放：风口浪尖上的序

伊沙

此时此刻，我坐在风口浪尖上为本书作序。

真是"树欲静而风不止"！

我知道有人（不在少数）笑了：你这棵树，还欲静，谁信哪？

你们可以不信，我写下的 12775 首长短诗信，我七年半以来每天一首从未间断地推荐的当代同行的 2776 首诗信，我迄今为止出版的 108 部创、译、编著信——还有即将隆重出版的本书信，便足矣！

我终究没有被喧嚣的时代、聒噪的人群异化掉，我始终还是父亲眼中那个读起书来赶也赶不出去的孩子，我的本性一点儿没变，始终还是那个可以自己和自己玩的孩子。

生命中有多少次论争，我问过自己：这一切的一切，究竟是如何发生的？在命运之路的 0 公里处到底发生过什么？

网络真好，几乎保留了我从 2000 年迄今全部的遭骂史与反骂史！以天天有小骂，一年一大骂的节奏进行着，我上一次构成新闻事件的被大骂是在去年二月春节期间：民谣歌手周云篷心血来潮要出一本诗集需要炒书，便拿我开骂，距今一年零八个月，我终于还是挣脱不了"年骂"的魔咒！

再往前呢，20世纪90年代，被骂于纸刊，有官刊，有民刊……那个年代，媒体的体量远不如今，但我也是当代诗人中被骂最多的一位……

再再往前呢，名声小时就会好吗？话说在90年代初，相距很近地发生过一件事：我有三个小兄弟秉承80年代诗坛遗风，分别去北京、四川，东北做诗歌串联，免不了要在当地拜码头，他们见到诸多著名诗人都在骂我，丝毫不避讳我的小兄弟，让我听了之后非常伤心（这最初的伤心也早已离我远去了）。我毕竟是文学少年出身——这意味着我比他人更有赤子之心：骂我的诗人几乎全是我认可、敬重的，还有一份爱……所以，我伤心透顶并因此而改变了，我在心里告诉自己：我也可以骂！用公开发表的文章，光明磊落地进行……这倒开启了我点名道姓毫不含糊的酷评写作，在这里我跟大家交个底：所有被我点名批评的当代诗歌人物都是在私下里、人背后骂过我的——他们活该！

再再再往前呢，大学时代，可以分为两个阶段，先说第二个阶段，已经开始受到同学的质疑，其中一位的说法很有意思："你写的诗不像诗，你写的小说不像小说，就你写的剧本还像剧本。"——千万别以为他在夸我剧本写得好，有写剧本的才能，剧本是有格式的——这是更大的讽刺！他的意思是我在文学创作上毫无才能。那时候，还没有太多的同学跳出来质疑，只是因为他们读到我的诗的机会有限——我在诗中感慨道："我的同学没有来得及／成长为我诗之敌就毕业了"——但是，第一个阶段却并非如此：不论老师、师兄还是同学都觉得我是苗子而倍加爱护，从来没有人说我写得不好……那么，这个转折点究竟在哪儿呢？

时间在 1988 年 6 月初，我在停止写诗半年后忽然转向口语诗，较为明显的标志是《地拉那雪》，然后进入一种从未有过的疯写的状态之中（那是生命被打开了），到 11 月便写出了我迄今为止的第一名作《车过黄河》，从此以后，叫骂声喊杀声便一路相随。那么，此前我写的是什么？模仿朦胧诗，从顾城到北岛，把我自己都给写糊涂了，觉得写作毫无乐趣可言甚至充满了蒙骗性！

真没想到：在整整 30 年以后，到我 52 岁这一年，一个 36 岁的青年会跳出来骂我 22 岁写的诗，用的是一套腐朽没落的价值体系和谩骂攻击的批评话语，并由此掀起了互联网普及以来网上最大的一场诗战，其规模和影响甚至超过了已经载入诗歌史册的"盘峰论争"！

在新诗百年的第二年，敢于说"中国新诗 99% 都是垃圾"的人（随后他又扩大至 99.9%），敢于说"伊沙是垃圾中的垃圾"的人，可以直接等同于疯子，但如果他不这么疯，大媒体就不会关注诗歌——这个时代阴险至此，这个焦点邪恶如斯！

本来，一个从地方、官方诗坛混出来，上完鲁院高研班再上北师大作家班，一心一意要走体制路线的青年，没必要整天盯着我，也不至于有深仇大恨，原来是其背后有人有组织：用他自己的话说"有神秘人物暗中相助"，组织便是中国诗歌流派网，他自己便是其副主编，"神秘人物"是其顾问之一，这个"神秘人物"可不是等闲之辈，绝对属于诗坛上的大老虎，"三个崛起"之一、1986"两报大展"缔造者——一个在历史的大关口两次推动中国现代诗前进的英雄，机会主义大师，我之所以被他选中，既当受宠若惊，又属在劫难逃！

我怎么有幸被这只大老虎盯上呢？官方、学院、财团都不占，一个无权无势无钱的普通教师……大老虎到底不是曹谁手中操控的小木偶，他是内行（虽然内行得不彻底），他知道在诗歌史的意义上目前谁占据了制高点，谁的诗深得青年诗人之心从而通向未来，当他老骥伏枥，妄图拿下人生"三冠王"时，他知道谁挡了他的道，谁已坐上他心中的那个宝座，他就要搞掉谁！在今天，公然搞这么一场大阴谋，风险是很大的，对于大老虎来说，风险更大，因其妻是中国著名女诗人，他俩是诗坛公认的模范夫妻贤伉俪，玩砸了是抹黑两个人——一个美好的诗歌之家的清誉。风险如此之巨大，年近古稀的他怎么就敢孤注一掷呢？毕竟同处一坛见过多次，他知我满腹经纶、铁嘴、钢笔帮手亦强，断不敢正面交锋（我把话摆这儿），他唯一的底气便是我树敌颇多民愤极大，他相信星星之火可以燎原，他相信众口可以铄金的力量，诗战中途，他已知失算，那就是执行者不利，手中的提线木偶匹诺曹骂了口语诗……

而口语诗人惹不起，他们会跟你玩命！——这是目睹过诗江湖论坛十年风雨者该有的属于中国诗坛的一般常识，大老虎懂得这个常识，小木偶年轻不懂……为何会如此？因为在中国诗坛，口语诗人的生存空间是很小的，各种选本默契一致地严格控制口语诗人的名额，那么多写得好的口语诗人老被我等几个代表人物代表，代表人物中蜕化变质者又居多，我还算有公心，当我偶获编选的权力时，我就要选出真相：《世纪诗典》是这样，《新世纪诗典》也是这样；《现代诗经》是这样，《当代诗经》也是这样，我把我的代表权还给他们，还其公正者，他们会为我而战！不提口语诗又怎的？只围攻伊沙又怎的？他们就见死不救了吗？大老虎在这一点上严重失算了。

再说了，骂伊沙岂可不骂口语诗？甚至有人夸张道：伊沙＝口语诗。骂口语诗又岂可不骂《新世纪诗典》？因为近八年来，是《新世纪诗典》做强做大了口语诗。于是，这次所谓"论争"的格局便自然而然地形成了，人算不如天算，不以大老虎的事先策划为转移。

大媒体将此次诗战命名为"曹伊之争"或"伊曹之争"，让我难以苟同：我和一个提线木偶争什么？作品？理论？其作品不入其门，属于爱好者水平，其"大诗主义"难以自圆其说。既是"论争"，自然是诗学论争，反伊沙反口语诗一方的学术含量几近于零，全是刷大字报写小网文的，"论争"什么？口语诗人单方面的作品展示与诗学阐述构不成"论争"二字。所以无争可言，回到肇事一方本意，定名为"反伊大战"更准确。

论争无法成立，诗学价值仅在口语诗人一方，事实是：自打 2014 年我的《口语诗论语》一文问世之后，口语诗每次被骂——遭到质疑，口语诗人就不那么被动了，随便拿出该文中任何一个片段都是反对他们最为有力的回答，而对反对者来说，这成了一块啃不动的硬骨头。这一次也不例外，他们只能绕道而行，绕开"后口语"诗学现有的理论成果，回到原点去讨论口语诗应不应该存在的问题，强词夺理：不应该！如此毫无学理的观点只能激起认为既然是口语那么肯定 low 的群氓的应和。通过此战，"后口语"诗学的理论被又一次丰富了：沈浩波、庞华、西毒何殇、韩敬源的论战文章都进一步加强和丰富了"后口语"理论——这才是口语诗人在此战赢得的最大的战利品。

而此次"反伊大战"，它的社会学价值却着实不低，谁会想到——口语诗人也想不到：对方竟然采用的是"文革"大字报、小字报式的斗争武器，满嘴"打倒"之类的口号与话语，叫人背后直冒凉气，"文革"结束已经 42 年了，改革开放已经 40 年了，在这小小的诗坛上，怎么还有人来这一套？最令人感到悲哀和沮丧的是：从当事人的年龄来看，他们大都出生在"文革"结束以后。由此带来的是一个深刻的启示：没有完成现代化的诗人，就不会是一个合格的现代人，就会一夜回到 70 年前。而在此 40 年间，在中国现代诗的发展进程中，有一条清晰的龙脉:朦胧诗群(《今天》派）——第三代("前口语")——《新诗典》诗群（"后口语"），与此龙脉无关者，几无独力完成现代化之可能；身在其中者也无法保障自始至终的现代性。现代诗由现代人来写，作为诗人无法完成专业内部的现代化，也就无法成为现代人。

论坛时代的主战场——诗江湖论坛的创办者南人刚刚在网上问我：这是第几次被围剿了？我回答：大小加起来已经数不清了。现如今，又增添了一次最大的，确实是自有网以来最大的一次，也远超网络时代前的"盘峰论争"。打了这么多仗，难道大家没有注意到一个怪现象：每次口语诗遭劫有难，为什么第三代"前口语"诗人都会集体缺席，难道他们愿意亲眼看着由他们开创的口语诗被剿灭殆尽吗？人的行为自然受其思想支配，这出自一种相当复杂而微妙的心理：首先"前口语"诗人开创口语诗，其实并不自觉，并且是出自一种写作策略：在书面上有别于朦胧诗，他们甚至不承认他们是用口语写作，在于坚、韩东《在太原的对话》（1986 年）中，于坚说，"丁当用的不是什么口语，而是丁当语"，这与之后来说的"我不是口语诗人，我是汉语诗人"是非常一致的——也就是说，"前口语"诗人从未以口语诗为旗，他们的身份先是来自他者，后是来自后辈的指认，他们或拒不承认或忸怩默认。海子一死，浪漫主义卷土重来甚嚣尘上，口语诗一下靠边站，他们更要隐藏口语诗人的身份了，因此口语诗在不久后的中兴与他们毫无关系，到了 20 世纪 90 年代末，"盘峰论争"的爆发让前后口语诗人战略性地（出于一致对外的需要）暂时合兵一处，给人留下是一个整体的印象，不久之后，"沈韩论争"（网络时代第一次诗战）爆发，所谓"民间"，分崩离析，只有"后口语"继续以口语诗为旗，以"后口语"诗学建设为己任，继续前行……这便是每一次口语诗有战，"前口语"诗人都拒不出战的根源。

君子坦荡荡，此次"反伊大战"，他们依然拒不出战，我还在两次面对记者采访时不厌其烦地详述他们的历史贡献，该点的名字一个未漏，本着对诗歌史负责的精神，但我有一种感觉：这极可能是最后一次这么做，人家并不领情，为什么还非要念念不忘呢？说实话，我这个后口语诗的开创者、口语诗的中兴者，当初又不是受他们影响写的口语诗，真正解决了我的观念问题并导致我转向的是艾伦·金斯堡！是《嚎叫》！是《美国》！我完全可以向诗歌史提供另外一个版本："后口语"与"前口语"无关，是中国口语诗自觉写作的真正开始，最初来自外国诗歌的影响……这似乎更加真实。

永不出战还不是最怪异的，战端一起，以某第三代"前口语"诗人为教主的废话帮便跑来蹭新闻热点，教主的发言阴阳怪气正邪莫辨，却只说"段子"，徒儿们也不能领悟其葫芦里卖啥药，只是群起而攻"段子"——明眼的内行一望便知：这是在攻击后口语诗！除了后口语诗人，多少同行眼中的泛口语诗人也不承认自己写的是口语诗，"前口语"如此，废话帮亦如此，从每次反口语诗战的表现就能看出来，他们可不是吃瓜群众，一直是明面上蹭热点，暗地里当伪军，不断用小怪话骚扰对敌作战的后口语诗人，局势不可逆转之后，他们表现出一副气急败坏的样子。在诗坛人士看来，这是不符合逻辑的，他们至少该算泛口语诗人，但在我看来这又是符合诗的内在逻辑的，不论"非非"还是废话，这种语言乌托邦就是反口语，他们用书面语的思维写口语，精神向背也与后口语诗人背道而驰，所以有些小废话干脆不要这一层伪装，写着一种文艺范儿或文人气的书面语，他们在诗战中去当"伪军"的表现也不足为奇了。

以诗坛逻辑，或"民间江湖"逻辑，更大的意外是垃圾派公然当了伪军。这个眼红"下半身"的成功而成立的流派，起初是想到我这里认祖归宗的（我嫌其脏），如今已经堕落如斯。仔细分析，也不意外，这不是按质量筛选出的一组人，而是形式各异的诗歌破落户的集合，毫无立场，毫无原则，毫无廉耻。他们被纳入泛口语泛先锋阵营，实在是论坛时代天大的误会，小月亮写的是口语吗？那是"文革"口号！管党生写的是口语吗？那才是真正的口水！在此次"反伊大战"中，他们存在的最大意义就是证明：反伊沙反口语诗一方哪里讲原则，匹诺曹骂着垃圾喜迎垃圾派就是明证。当初眼红垃圾派而成立的"垃圾运动"，其主要成员在此战中都当了伪军。

当大诗主义与垃圾派合兵一处，还有什么不能联合的？这时候的匹诺曹才不管你是他指斥的99.9%呢，还是他欣赏的0.1%——依我看，几乎全部来自那99.9%，0.1%在墓地里呢，无法站起来参战——总之，一切反伊沙、反口语诗、反《新世纪诗典》的人在这个匹诺曹的号令之下，一夜之间全都团结起来了，为壮门面，他还使用下流手段将以往所写的反对上述三者的文章全都编入阵中，以乱视听，不过也增强了反对派的历史厚重感，提醒我们：冰冻三尺非一日之寒。

这是中国诗坛在跟伊沙＋口语诗＋《新世纪诗典》算总账。背后站着那个老掌门、那个大老虎、那个"历史人物"！

用小月亮的话说："这次伊沙必须倒"。我本来已成公认的"中国最受争议的诗人"，有人还嫌不够，非要彻底"打倒"。这一次，光反伊组织就成立了三个，其中人员来自全世界（后来海外诗人纷纷发表声明表示上当受骗）。

口语诗——准确地说是后口语诗（前口语诗在20世纪80年代可没这么多的反对者，还曾短暂地充当过官方诗坛的主流）也必须打倒，真是令人不可思议：1999年"盘峰论争"，2000年网络普及之后中国现代诗发展中先锋与主潮合体的诗型，最有新增点的诗型，最有贡献的诗型，最与时俱进的诗型，最合当前世界诗歌潮流、最接地气并富于本土原创性的诗型，最符合新新人类生活方式的诗型，最有21世纪现代人日常文化消费性的诗型，最令它的创造者有满足自在感的诗型，在将近 20 年以后，被中国诗坛合力围剿，有一个刺耳的霸王说法：口语诗人必须为"口水诗"的泛滥负责！

至于全球中文诗歌最大平台《新世纪诗典》，其被炮轰的罪责在于做强做大了口语诗——情况是这样吗？真相是怎样的？2014 年，我应邀编选《中国口语诗选》，为了筛选出中国口语诗人 100 家，对当时累积的《新世纪诗典》诗人做过统计：真正的严格意义上的口语诗人只占其中五分之一；在此次"反伊大战"中，"80"后诗人艾蒿借势策划了《口语诗人为何必须战斗——中国口语诗大展》，总共收入口语诗人 200 家（其中并非全是《新世纪诗典》诗人），在迄今为止的 944 家《新世纪诗典》诗人中占多少？你们自己算？怎么就是做强做大了口语诗呢？在同等的推荐机会下，口语诗人更有影响力，那只能说明口语诗本身强！难道非要像中国常见的诗歌选本，把口语诗人的代表席位挤压到个位数（其中还包含蜕化变质者），他们才会觉得公平吗？这符合 21 世纪中国现代诗的真实生态吗？

一场有后台、有预谋、有组织、有计划、有准备地发动的诗歌大战，从 9 月 25 日开始，历经 35 天，来到了 10 月 30 日：中午，被口语诗人一致指斥为诗战发动者的大老虎发表声明宣布退出他一直担任顾问的中国诗歌流派网；下午，《口语诗——事实的诗意》编委会首次揭开"秘密大项"并公布了编委会名单，还发布了本书诗歌部分的目录——至此，中国有网络以来最大的一场诗歌大战甚至是中国诗歌史上的最大诗战，战局忽定，胜负已决，不可逆转！此后迄今，诗战进入收官阶段……

无可否认，本书——应该说《口语诗——事实的诗意》大项的公布、编委会的成立、第一本的编定成了决定"反伊大战"战局的原子弹！

　　而这一切并非出自事先的谋划。挑起战端的一方玩的是阴谋，被迫迎战的一方得到了上天的保佑。今年4月，马非首次用微信与我正式谈及此事——我知道，对于这头雄踞在青藏高原上的口语诗之鹰来说，这是他20多年来的夙愿，甚至是他编辑生涯中最高的最后的宏伟目标，作为老友、知音与同道，我唯有无条件地全力支持！主编与副主编人选——这个由我、唐欣、马非三位长安老友所组成的三人决策小组，也是由马非决定的。

　　接下来我根据马非的意见制定了工作日程表，并草拟了第一年的编委名单，编委人选是根据以下五条标准筛选出来的：一，优秀的纯口语诗人（"后口语"鹰派诗人），其人天生自带口语基因；二，在读诗选诗时，决不委屈自己的人，不要体制通与江湖通；三，不同年龄段，都该有编委，人数与生态结构成正比；四，对口语诗有怀疑、摇摆者，对口语诗公开批评言论过多者，不选；五，宁要狭隘的人，不要宽容的人。由此产生了总共13人的第一届编委会，并计划以每年增补2人的方式逐年扩大，无法胜任者或个人原因无法继任者可以随时退出。

　　12位编委在两个月之内向副主编唐欣各自递交了30首初选作品（必须创作或发表于2018年），只有我一人有权利递交《新世纪诗典》推荐作品，经过副主编唐欣的筛选，再经过副主编马非的筛选，再经过我的筛选与总体把关，便产生了最终入选本书的诗歌作品。理论作品由编委西毒何殇提供初选文论，由副主编唐欣一手选定。

本书书名《口语诗：事实的诗意》出自马非的动议与坚持，他想在以后每本书的书名上都向诗界与读者传输一个口语诗的先进理念，他首先选定的"事实的诗意"也确实是 21 世纪最有影响力的诗歌论断，如果说 20 世纪最有影响的诗歌论断是韩东的"诗到语言为止"，那么 21 世纪毫无疑问是我的"事实的诗意"，它们刚好是前、后口语的最大标志与划分，实际上，"事实的诗意"不仅影响了后口语诗人的写作，也挽救了相当一批抒情诗人的写作（只是他们自己不勇于承认罢了）。

除每年编选出版一本书外，还将创立评选"中国口语诗奖"，分设金舌奖（以历史贡献与总体成就推选一名）、银舌奖（当年年鉴所有诗歌作者中入选诗歌作品最多者）、铜舌奖（当年年鉴所有 39 岁以下诗歌作者中入选诗歌作品最多者）、铁舌奖（当年年鉴所有理论作者中理论文章质量最为优异者）。首届"中国口语诗奖"评选将在本书出版后进行，计划明年夏天在美丽的青海——《口语诗——事实的诗意》的大本营颁发。

这便是诗战前后，我们在做和要做的事，赶巧在一场诗战的决胜关头揭晓这个"秘密大项"并发布本书目录，也像是老天爷——不，我们相信是诗神缪斯的精心安排！她只会庇佑潜心于诗、踏实做事的真诗人、好诗人！

2014 年，我独力编选了史上首部《中国口语诗选》——中国诗坛对此书采取的是"默杀"之策，但丝毫也不妨碍它在诗歌史上开先河的地位和对于诗界的深刻影响；2018 年，我与编委会另外 12

位同仁一起努力共同编选了本书，从此中国口语诗有了自己的常设年鉴，又一次站上了诗歌史的制高点……从此以后，优秀的口语诗人再也不会惧怕除《新世纪诗典》《中国先锋诗歌年鉴》以外的常规年选、年鉴对于口语诗十分默契近乎一致的排挤而造成的缺席！

从此以后，每一年优秀的口语诗人将云集于此——中国诗坛敢于无视他们的存在吗？那将造成一种重要诗型的缺失，而在全无体制与江湖概念的公正的读者那里，他们还会在不同的选本之间做出比较，有人敢比吗？我只记得在过去的七年间，没有任何选本敢和《新世纪诗典》叫板——没有叫板，只有叫骂！

这就是存在！——是的，我们名正言顺地存在了！

当诗歌史上最大的一次诗歌大战，胜负已决，不可逆转，有历史经验的同行在微信群里发了一句令人心酸的感慨：口语诗人的好日子来了！因为在"盘峰论争"之后，有一位当事人曾经成功地预言过："民间"诗人的好日子来了！考虑到"民间"是"盘峰论争"现场主持人对口语诗人的即兴命名，所以这是可怜的口语诗人在两个诗歌史节点上发出的同一句感慨！

啥叫"好日子"？对于"民间"口语诗人来说，不过是更大的生存空间、更宽松的创作环境，身在"民间"一心向诗的他们要的实在不多！他们与体制诗人或心向往之者对于"得失"的理解天差地别！

不过在此，我要指明一个连我的同仁、同道、战友们也不见得洞悉的巨大真相："盘峰论争"以后，网络伊始，从那以后，十八九年间，口语诗在中国现代诗这一段（21世纪初到现在）发展中，既是先锋，又是主潮，却唯独不是官方诗坛的主流……所以，我想提醒大家：不要因待遇而错判己身，我们早已不是边缘，而是一直置身于诗歌大潮的风暴中心……

这才是中国诗坛最大的真相！口语诗人灯下黑！

盖因如此，我们切莫忘记责任与使命——是的，位卑未敢忘忧诗：口语诗兴，则中国现代诗兴，中国当代诗兴！口语诗亡，则中国现代诗亡，中国当代诗亡！口语诗的兴亡，并不取决于外部环境，而在于我们能否让它永葆生命，继续生长，继续充满创造的活力！继续好诗迭出！

"中国口语诗年鉴"和"中国口语诗奖"的创立，让我们得到了一个新的契机，仿佛一个崭新时代的开始。

诗战期间，好诗乱飞，但最为打动我的一首，还是有一天，在微信里，在某公众号中，忽然读到我和老G五年前译的布考斯基的《完成》：

我们像玫瑰

懒得开花

待到太阳

等不及了

我们才怒放

五行诗，像五个太阳，像五道阳光，把正在为诗而战的中国口语诗的战士们照亮，这首出自美国口语诗（"后口语"）祖师爷之手的杰作，写出了他们的灵魂之音，也像是在写即将问世的本书！

2018 年秋冬交替间于长安少陵塬

目录 CONTENTS

诗歌部分

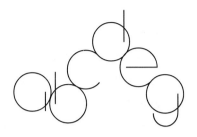

Z

理论部分

诗歌部分

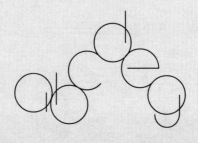

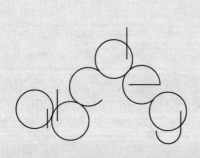

阿文

往前看

身后的大个子

瘦得像我爹

挨着我排队买饭

伸出左手

拍了拍我的左肩

说了句

往前走

过一会儿

又伸出右手

拍拍我的左肩

又说了句

往前走

我挪了挪步

生怕他像我爹一样

拍打我的后脑勺

他说了一辈子的

还要说的一句话

往前看

阿煜

谁说诗无用

在书店里看见
一个读波德莱尔的男生
和穿裙装的美女
相谈甚欢

我的第一反应是
这年头
读波德莱尔
竟然能泡上妞

为马铃薯写一首诗

据我所知
马铃薯通称土豆
我们那儿也叫洋芋
广东称之为薯仔
江浙一带称洋山芋
但那都不足以

让我为它写一首诗

直到这次去山东

听到最绝的叫法

一个难掩其土

颇具魅力的名字

——地蛋

探监记

在一排光头中

妹妹一眼就找到了

我们的爸爸

他蓝色的狱服外

套了件醒目的马甲

那是别人家的爸爸

所没有的

回来的路上

妹妹兴奋不已

"爸爸一定是当官了

对吧"

绝 句

雨中的鸟依然在飞
这基本是一句废话
雨中的鸟如果不飞
它们就会纷纷坠地

艾蒿

接下来

为了让我的骨头

继续承受

身体的重量

不得不在两节

椎体之间

打上四颗钉子

固定

无缝连接

长成骨头中

最坚硬的部分

只是在我

每次低头的时候

它们就开始提醒

我已经失去了

部分

弯腰的权利

严肃的一刻

他终于挤了进去
玻璃门关闭
他的脸被挤在
玻璃门上
他不得不看着
外面
没挤进去的我
我也
看着他
地铁开动
他慢慢地转动眼球
一直看着我
直到我们谁也
看不到对方

听　话

当我大声呵斥完

不到两岁的女儿后

她规矩地

站在我身边

低着头

盯着自己的脚尖

偶尔翻着眼睛

看我一眼

我从未教过她

因为犯错

挨训的时候

应该以

这种姿势回应

我想起年迈的奶奶

总爱无事生非

被父亲训斥以后

也是这种表情

多么相似

她们

让人心碎的本能

你的样子

有一年

父亲在工地干活

被震断了一根肋骨

第二天

他依然去干活

昨天我感觉自己

也快抗不住了

去医院检查

X 光片显示

一节椎体滑脱

峡骨断裂

突然感到一丝欣慰

这半年来

我是不是越来越

接近你

作为一个父亲

可以忍受的

那一部分

白立

旗袍妙用

今天高考

网上发了许多照片

高考考场外的考生母亲们

全穿着旗袍

为什么呢

旗开得胜……

我想

没用的

因为她们都戴胸罩了

隔靴搔痒的感觉很微妙

每次安检

我都会自觉地选择

走向一位漂亮的

女安检员

接受短暂地

被摸索

老实说

我还真喜欢被她摸……
那种类似隔靴搔痒的感觉
很微妙

我又不是雪人
还怕她摸化了不成

白水泉

你个苕

苕的学名叫红薯
红薯饭那时都吃伤了
不过现在觉得香

苕藤子要隔段时间翻一翻
老妈说藤子要是扎了根
苕就又小又少了

苕叶子现在成了时令菜
那时老妈允许我采些苕杆子
去街上菜市场换点零花钱

藤子即便不翻，苕也在土里憨长
老妈看我翻得笨手笨脚的
会笑着骂我：你个苕

柏君

学　生

买东西时

一位售货员

喊我老师

并且主动找经理

又优惠了不少

回家后

我搜肠刮肚

也没能想起

她的姓名

倒是很多"高材生"

不断地

从我脑海中浮现

可惜

自从他们毕业

我就再也没有见到过

这些得意门生的

身影

我们唐山

别的城市
最有名的
是风景、建筑、美食
或者某位名人
只有我们唐山
最有名的
是大地震

杀一儆百

今天上课
9 班的纪律
有点儿乱
我把其中一个
东张西望的孩子
拽了出来
下课后
他还在
不停抹泪

我问他原因

他说他

是班主任安排

负责记录

哪个同学违纪的

纪律委员

没承想被老师

轰到了教室后面

圣诞节

在街头

一位穿红衣

戴红帽的圣诞老人

塞给我一份

男科医院的宣传单

摆丢

老 妈

打电话给老妈

她在清晨的大雨中

正赶去廖家

参加出殡

我说可以等雨小点儿再去

老妈说：上山不等人

以后轮到我们了

人家也会淋雨来

天在看

生命树

岜沙没有坟

只有人

和树

孩子出生后

到山上认定或种下

一棵树

孩子们长大

转山

看到树

说：这棵是我

那棵是你

种稻子，扛枪唤狗打鸟

慢慢变老死去

砍倒树做棺材

装下身躯

葬于树桩旁

黄土、平地、不垒坟、不立碑

再种一棵树

孩子们转山

看到长辈

说：这棵是爷爷

那棵是奶奶

寻烟记

老婆反对

我抽烟

时不时让儿子

把我的烟

收去藏了

儿子也不扔

一包半包的

就藏在房间里

前年从临沂回来

朋友送条泰山

也被儿子藏了

趁娘俩不在

我找过烟

巴掌大的地方

两张床

两个柜

一张桌子

但那条泰山

怎么也

找不到

感觉我们家

就住在

泰山上

蔡喜印

无　题

急救室门外

护士跟

拄着拐棍

步履蹒跚

的老头说

"爷爷

奶奶都病成这样子了

您行动也不方便

把您家人电话给我

我来联系

叫他们过来

服侍奶奶吧"

老头脖子

朝上一仰

一脸骄傲地说

"我儿子和女儿

都定居美国了"

常遇春

躲　雨

大雨忽至
几个青海当地
拾牛粪的小伙子
通通脱掉衣服
一头扎进河里
躲雨

陈放平

母亲近视

全天下有无数母亲

患有近视

我的母亲

也近视了

她是在每天结束

农务和家务

临睡前

认真而反复地看

我写的书

看近视的

当我知道这个事实

愧疚又幸福

嫁给煤矿工的女人

镇上的男人

都在煤矿挖煤

家里的女人

都在麻将桌上打牌

矿井里

不定期传来噩耗

死者的家属

会得到一笔

几十万的抚恤金

女人抱着钱

大哭一场

又嫁给了

另一个煤矿工

重新回到麻将桌

我经过那个小镇

拉煤的小火车依然在开

陈万

寻找蟑螂

半夜十二点女友发现洗漱池里

有一只蟑螂

我就开始寻找蟑螂

很久都没有找到

我说它已经不见了

她不相信　哭得稀里哗啦

其实我知道　只要我愿意

肯定就能找到

我说它真的不见了　它会缩骨功

可能已经从某个小洞跑了

她听后双手捂住头　哭得更加厉害

反复多次

到一点半终于把蟑螂打死

从一点半到三点半

她又一直哭

怪我只顾找蟑螂

都没有说话安慰她

程碧

职业病人

在医院

每人拿着一个病历本

只有排在我

前面的那位

用的是塑料文件夹

他把各种检查报告

和病史

一页页整理好

又调整了一下西装

推开了医生的门

好像他不是来看病

而是来谈判的

画　面

星期六

我们走进美术馆旁边的咖啡馆

在一个长沙发上坐了下来

他拿出一本诗集

身体向右斜靠在扶手上

我拿出一本小说

身体向左斜靠在扶手上

我们的面前摆放着

一杯咖啡

一杯果汁

不远处的小沙发上

一个人在敲打键盘

如果他是一个小说家

也许会写

我的对面坐着一对不再相爱的情侣

春树

看电影时的插曲

当我左边的男人

手机短信声响到第四遍时

我悄悄俯过去对他说

"你能把手机静音吗？"

想起来我现在是个文明人

又补充了一句

"谢谢"

而当电影演到一半两个怀抱膨化食品的

女孩子摸过来找座位时

我就没有那么好耐性了

"你们随便找个地儿坐吧

这都什么时候了"

没辙，我发现我还是个北京人

当电影一结束

灯就"唰"一下大亮时

我发现我是个中国人

紧紧闭上了自己的嘴

让我念念不忘的一个下午
关于一个朝鲜男孩

我记得很清楚

那是参观完寺院之后

导演带着大家

去饭馆吃午饭

饭后

我走出饭馆

不知道为什么

我与其他人

隔开了一段距离

走在市民中间

这时候

我看到马路上

一个穿白衬衫骑自行车的男孩迎面而来

他看见我

笑了

露出两排洁白的牙齿

而我见此情此景
也情不自禁
笑起来

玩具娃娃

他的蓝眼睛眨巴着看着我
睫毛很长
他嘴巴里有一块棕色的东西
像长了牙
我替他抠了出来
他看着我
不哭不闹
我继续替他清理脸上的脏东西
我本来就是个妈妈

哦！我没有办法
我把他倒过来放在沙发上
他后背露出了胶带
生产标签上写着
中国制造

看不下去

我坐在长椅上抽烟

在朋友圈里赞美着阿姆斯特丹

一个店主出来擦玻璃

擦啊擦

直到另一个男人走过来问他

你在干吗

一个女士坐在这里

你为什么不理她

干吗不跟她聊聊天

崔馨予

夜·墙

一扇扇窗户

光秃秃的铁

深夜　深不可测的蓝

一层层瓦片

大大小小空隙

屋旁树枝伸到瓦的上方

风一吹　树叶轻扫瓦片

扫走灰尘　带来抚摸

一只小鸟在屋顶歇脚

它东张西望　扇翅

消失在树叶中

一只猫树叶里蹿出

沿着树干向上爬

有些累了　睡在屋顶上

一片枯叶落下

一切都不曾发生

第广龙

划　地

制药厂在河对岸
建起来了
村子里得病的人在增多
吃药也不管用
又划出了一块
墓地

山上山下

在五台山的北台
车上上来了一个
本来步行的小伙子
他按着腿说
刚被狗咬了
一路上
我们见庙就停
见佛烧香
回到山下

一车的人
都提醒他先到医院
打一针疫苗

大草

第四代

父亲完成了

从农村到城市

我完成了

从内地到沿海

儿子从此岸

也到了彼岸

父亲说三代人

才能培养出贵族

我似乎

可以对他交代了

只是我曾问父亲

对儿子的儿子

想说些什么

卧病的父亲

摆了摆手

什么话也没有说

小屁孩

小学二年级我去叔叔家
堂妹说有帮小子欺负她
她指了指
气象站山坡下面
屋顶上的两个男孩
我用手作帽檐，大声说
让他们过来
那些屁孩听到了
从屋顶下来
先是一个、三个
五个，一大群
越来越近，要命的是
走在前面的那位
高出我一个头来
他们叉着腰
对我推推搡搡
我攥紧了拳头
却没有出声
我在想，怎么屋顶上

一丁点儿大的两个人

走到面前，变得那么大了呢

大九

稿　费

我写诗
赚到的唯一一笔钱
是花五万元
印了三千本诗集
诗集卖不了
没地方放
又花了八万元
买了个车库
五年过去了
诗集没卖多少本
车库涨到了三十万元

农村菜

五十多岁的张柱
楼下车库里养只毛驴
每天早晨
他开越野车
从批发市场进菜

再赶着毛驴车

到附近小区门口卖

尽管比店里的还贵

每天中午不到

菜就卖光

大友

我爱你

篮球场上打球的
不是我儿子
（儿子在北京读书）
小道上有说有笑的
不是我女儿
（女儿两年前溺水）
轮椅上坐着的
不是我父亲
（父亲去世半年了）
我不认得他们
但觉得和他们很亲近

两张照片

坐在轮椅上
母亲举起报纸
先是《人民日报》
再是《安徽日报》

报纸上的日期清晰可见

2018 年 3 月 23 日

照片上母亲笑了

只要对着镜头

母亲就笑

她总是这样

这一回她是笑给社保局看

父亲病故

母亲还活着

可以领取遗属补助

代光磊

学段目标

听完我的诗歌课

孩子们热情高涨

写出一首首好诗

教研负责人提出

中肯的意见

二年级的孩子

读诗就好

不必写诗

这超出了本年级的

学段目标

东森林

无　题

在走廊看见一病友家属

病房内病友们都围过去

问这问那

但当听说她丈夫上星期走了

今天来医院结账

病友们便立刻散开

一句也不再问

后来走廊上碰见

也不打招呼

熊　路

美洲黑熊生下宝宝后

带到它能独立生活

就丢下它

独自往森林里走

它又开始发情

每走一段就将背

靠在一棵树上

蹭啊蹭

留下气味

东岳

我笑着笑着不笑了

她领着七岁的小儿子
去探监
时间晚了
也跟着在监狱
吃了一顿饭
是土豆炖排骨
小孩子吃得香
说了一句
妈，咱在这里住下吧
这儿有爸爸，还比家里
吃得好

司机老王

他每天的工作
是在医院门口
等着有人死去

他养着一辆
白色的殡仪车

没事的时候他就和
同在门口等待的
殡仪车司机打牌

当消息传来
谁赢了谁先走

杜思尚

春 天

当我把经常将小手
伸向花盆泥土中的儿子
放到家乡的麦地里时
他竟怔怔地站在原地
不知该迈哪只脚了
一只爬行的蚯蚓
让他咧开嘴哭了起来
我抱起他
一望无际的绿色
正向我们涌来

人 间

有一天
父亲走了很远的路

坐在单位大门的台阶上
等我下班

出来一个　不是我

又出来一个　还不是我

看到我时

父亲激动地站了起来

我拎着包　紧紧跟在领导后面

父亲空着手　紧紧跟在我后面

他看我　坐上车

他看我　消失在眼前

这是父亲去世多年后

母亲对我说的

两百个鸡蛋

手下人的父母

从苏北老家提来

一铁桶鸡蛋

客人走后

我们一个一个地

把它们捡到筐里

妻子说

这算不算受贿

我心里"咯噔"

一下

这一路颠簸

居然一个都没破

杜撰

就像什么也没有发生

早晨起来，我看见一只虫子

死在我的房间里

一具尸体

它躺在我的阳台上

我不知道是屎壳郎

还是金龟子

我动了动它

它没有反应

我没有发出惊叫

也没有想到通知它的家属

更不会想到报警

甚至没想到给它收尸

我拨了它一下

没有反应

我就走开了

就像什么也没有看见

什么也没有发生

朵儿

十　字

老妈躺在病床上

叼个奶嘴

她的肚子

竖切过的是胃

横切过的是剖腹产

信了一辈子佛

没想到

腹部留下十字

其中一横

是为我留的痕迹

二月蓝

自　传

在李白纪念馆
一位白发老人
手握一支
蘸水的毛笔
颤悠悠的
在地上
练习书法
笔头
是海绵做的
他一点儿也不关心
很快就干掉的字迹

伤　员

小时候喜欢爬树
有一次趁爸爸出差
我带着三岁的妹妹
终于爬上了那棵

百年老核桃树

不一会儿

就从树上摔了下来

那段时间

绑着石膏绷带的

妹妹和我

每到一个厂区

就有很多小孩围上来

叽叽喳喳

好像我们

刚从战场上

撤下来

冈居木

幸福是什么

学校门口
被城管撵跑了
又回来的小吃摊前
学生扎堆举着手机
扫微信付钱
女摊主
面对着他们
脸上的笑
看上去
比记者采访她
"幸福是什么"时
幸福多了

笑　容

82 岁的母亲
小脚。不识字
有一天她悄悄地

对我说捡了 100 元钱

我接过来一看

是一张冥币

我装作查验真假的样子

偷偷换了一张真钱

然后告诉她放好

她一脸高兴的样子

这是父亲去世两年来

我看到的母亲

少有的笑容

藏　锋

过去蹲过几年监狱的

姑家小堂弟

从外地老家来德州

在东方红大街一路口等我

很久不见了

模样有些模糊

　我打电话问他在什么位置

他说让我在路边马路牙子上

找一个剃着光头的人

我一眼就看到了

茫茫人海

一块刺目的鹅卵石

高歌

二鬼子没安好心

托本地一家旅行社

代办去日本的签证

被告知山东地区有新规

要交六到八万元保证金

我心想小鬼子真小气

来自铁道游击队

故乡的游客

就要使绊子吗

导游朋友告诉我

保证金是咱自己

旅行社收的

怕你跑喽不回来

和前妻在珍爱网相遇

原来她现在月薪 5000～8000 元

要找的另一半

月薪 8000 元以上

年龄在 23～38 岁之间

要求对方会照顾女生

拒绝不易培养感情的

情感被动者

我有点儿愧疚地发现

她刚查看了我的资料

鬼石

烧　纸

在学校门口

在考场外

烧一通纸

不知道他们

想去贿赂

哪一路神仙

总有人

会这样做

也别笑他们傻

我们都是

一样的人

海菁

佛

今天
我给佛一个面包
许了一个愿
希望他变成人

5·12

5 月 12 日是
汶川地震纪念日
如果那一天
只有一两个人死了
就不会有大的纪念了
连小的也不会有

星　星

我很多时候

脚疼的时候

都有像星星的感觉

一闪一闪

寒玉

错 觉

我和一帮朋友

在夜市摆地摊

喝啤酒吹牛逼

兴致正浓的时候

他摇着三轮车

露着截肢后的残腿

来到我们桌边乞讨

给了他两支泰山烟

往他快餐杯里

倒了一瓶无名啤酒

他依然不满足

央求我们给他点儿钱花

我说兜里没有零钱

现在谁还出门带钱

他笑嘻嘻地说

大哥你给我扫码吧

微信、支付宝都行

边说着边把反面

印有二维码的卡片递给我

我接过来的那一刻

自己觉着

买了他的东西

随口还问了一句

多少钱

韩德星

雪　人

一天之内

冒出那么多雪人

高的矮的

胖的瘦的

叼烟卷的

披婚纱的

穿金戴银的

一贫如洗的

舔胸叠肚的

低头哈腰的

……

我突然看到自己也在雪人之中

走过去一拳打歪了他的脖子

韩敬源

消防车呼啸着奔出城去

一辆消防车

呼啸着奔来

我赶紧把车靠往路边

目睹一团

尖叫的火

扑向远处

可能有人的房子着火了

也可能有人着火了

还有可能

根本就没有起火

一辆消防车

长久没有火灭

自己着火了

狂叫着

奔出城去

在县医院尿检窗口

一个农民老哥

用医生给他的

透明塑料小杯

接了一满杯尿液

送到窗口

戴口罩的

女医生

紧皱眉头

旁边年纪大的男医生

大声对这位农民老哥说

"这是用科学仪器检测

用不了那么多

下次接小半杯

就可以啦

又不是在酒桌上倒酒"

初秋的阳光

祥林嫂一样的老妇人

说她腹痛

面部痛苦

手里捏着几张百元大钞

走到我面前

哀求给她 68 元

说她儿子离得远

到医院做检查差 68 元

我正准备掏钱

后面追来一男子

破口大骂：

"你这个老骗子

把我的 68 元还给我"

两个人风一样

飘过街角

丽江初秋的阳光

把我照得越来越饿

肠胃被掏空了一样

汉仔

婆媳关系

妈妈出殡那天

奶奶拿起拐杖

在她棺材头

用力

打了一下

转身

老泪纵横

黑瞳

灵隐寺许愿

寺内温度似低了三度

轻轻走

清凉得无人喧嚣

人潮汹涌无人推挤

一人手上各拿三炷香

朝四方各低三次头

在心下许一个愿

心照不宣

我也是要和这红尘

抱紧一些

侯马

备好了椽

我们举家迁往邻市

在寒冷的冬夜摸黑出发

我只记得马车上堆着

高高的椽

只记得母亲比其他人

对椽表现出更强烈的拥有态度

这打算盖房的一车椽

取缔了其余全部家当

父母从一地搬往另一地

仍要寻找存放的地点

但不会找到盖房的地方

这车椽

后来一定庇护了另外某些人

但我也感谢

我们家四海为家的命运

205

一位母亲上访

控告 205

打死他儿子

逍遥法外

我第一次听到

此类绰号

真是不可低估

民间语文的创造力

和传播的宽容度

不过我的职责是

缉拿案犯

管他叫 205

还是 502

吃灯泡

我饥肠辘辘

好不容易发现

一个煎饼摊

排队交钱

煎饼眼看就要摊好了

突然远处城管出现

摊主蹬车就跑

我立即猛追

在小区深处

追到了摊主

他拿出五元钱还我

我说不要钱

给我煎饼

他说灯泡炸了

里面都是玻璃碴

雏　雀

我在每个万物复苏的春天

总是能碰到

跌落在地上的雏雀

它还不会飞

也蹦不高

我惊喜、紧张

带着渴望追赶

但是

没有一个春天

我曾经追上其中任何一只

直至我长大成人

明白了好生恶杀

当时母雀一定目睹了这一幕

它正是这样激励雏雀的

——飞吧，孩子

能跑赢人间的娃娃你就能赢得生命

贰 分

有个小伙子在西打磨厂

协和医院旧址门前掏兜

硬币掉在灰色的海绵砖上

叮当一声从我身体深处

唤出一个七岁的孩子

我没想到他还在那里

我感受到他手攥伍分钱的财富

壹分的怜惜和贰分的平静

我没想到我依然是我

经历了诸多沧桑

我第一个念头就是希望

我退休以后他仍在

朝夕相处

是我好友

虎子

右派姥爷

许多年以后
从妈妈口中得知
当年小镇上流传
一个多年从不敢靠右
只沿小街左边墙根
走路的中年人
就是姥爷
妈妈说这话的时候
正与几个舅舅商量
如何遵照姥爷的遗嘱
把他葬到祖坟的
最左边

牢　骚

参加同事父亲的葬礼
几个女同事
为换合适的衣服

耽误了一些时间

男同事站在一边

悄悄发泄着不满

一位说

女人就是麻烦

我们这身衣服

什么场合都可以穿

另一位说

一年四季

什么时候奔丧

都不用换

还非

米　汤

想起小时候娘说过

米汤能养命、活命

甚至一口就可以救命

坚持了大半辈子

早起熬米汤

娘的话，终生受益了啊

我再补几句：

养命，是指营养成分高，性和，质洁，味通

活命，是指米汤可熬度过青黄不接的季节

救命，是指病危而水谷不化者，米汤可回人之阳气也

民间容器

夏至多雨，遍地饱和，堵塞，多余，流失

唯我院子里杂乱残缺的坛罐盆杯碟

作为民间容器的残片，它们

留住了一点儿珍贵的天水

今又云开，啊，太阳光真大

它们都又蒸发升腾

重返大空大气大天循环而去了

黄安洋

与时俱进

父亲去庙里

向道长买了两张符

回家后

他把一张符纸

压在我枕头底下

辟邪的

我问

不

保佑你

少玩手机的

另一张他放进车里

保平安的

我问

不

保佑不被扣分的

黄海

主　角

安营扎寨

在一棵唐槐上的

几只乌鸦

在屋顶飞

然后几个俯冲

对着小区的一只流浪猫

"啊啊"地叫

它们把屎拉在

六栋一单元一楼住户的

窗户玻璃上

六栋一单元一楼住户的

一只宠物猫

隔着玻璃

虎视眈眈地

看那只流浪猫

和几只乌鸦

我经过它时

走动的脚步

它发出"呜呜"的警告声

这只宠物猫

像是针对我

遗　址

在一座城市的

某个地方

一个人有不同角色

可以扮演前世臣民

和今朝的游客

穿越好多仿古的建筑

然后站在

一片鸟不拉屎的戏台

看故国之下

累累夯土

在高于遗址上

建有一个公共卫生间

男厕头像：唐明皇

女厕头像：杨贵妃

黄开兵

干干净净

还记得那时

快过年了

大扫除

把屋里屋外都打扫干净

把柜子、桌椅、锅碗瓢盆清洗干净

老妈把沾满灰的菩萨

扔进脏乎乎的水桶

用刷鞋的刷子刷洗一遍

菩萨又干干净净了

又摆放在原来的位置

我看菩萨完全不能自理

从此不再烧香更不求他保佑

江湖海

安全模式

语文统考后
女儿说她这次写作文
启动了安全模式
细问之下女儿告诉我
前一次统考
作文写得很特别自己很满意
外校老师给了低分
安全模式就是字通句顺
写成大众面孔
仰头看我一脸诧异女儿又说
放心吧爸
考场外我只写我想写的

民　宿

妇女主任带我们
浏览村容
特意看了两长排民宿

她不紧不慢说

看出来以前是猪圈了吧

东京面条

东京王子饭店

一路之隔

轨道枢纽站的底层

我吃到了

只在我的老家马头山

才吃过的面条

那是一种磨粉晒粉打浆

再漏丝晒丝

在乡村大鼓的鼓点中

经过一道道

精细的工序才会诞生的面条

是韧性十足

吃起来麦香满嘴的面条

我14岁离开故乡

吃过甜酸辣各种各样

味道夸张的面条

它们的速成让家乡的面香

渐行渐远

没想到这一刻会在东京遇见

头顶不时有列车

进站或启动的声音传下来

高低分明的节奏

和马头山大鼓发出的

也没什么两样

江睿

外公外婆

外公跟外婆

天天吵架

可是外公每天还是

会跟在外婆身后

为什么

爸爸和妈妈

因为吵架

就分开了呢

不开心的闺蜜

闺蜜哭得好伤心

我陪在她身边

也不知道怎么安慰她

只能默默地陪着她流泪

知道闺蜜是因为爸妈对她的疏忽

还因为她的妹妹可以有好多玩具

好多好吃的

她爸妈都不许她碰

不许她吃

还动不动就骂她

我也替她委屈

可我们都还这么小

能有什么办法呢

姜二嫚

幼儿园

我记得
在我上 200 元一天的
幼儿园时
老师看我的眼神
和看钱
没什么区别

活　着

看到一个新闻
一个空姐
被一个滴滴司机
害了
我突然想
我活到
10 岁
不容易

回　收

一辆回收旧彩电

旧冰箱

旧洗衣机

旧电脑的

三轮车

车主躺在里面

睡了

好像回收了自己

姜普元

压　力

从江油诗会返回的路上

我和两个写诗的女儿

说起李白 24 岁

仗剑出川，远游四方

他的商人爸爸出金 30 万

给他作盘缠

女儿问我

这 30 万金相当于现在的多少钱

我说有人算过账

按当时的物价

可以买下 30 万石大米

1 石是 150 斤

也就是 4000 多万斤

约合现在 1 个亿

说到这里

我和孩子们都沉默了一下

姜崴荣

我的名字

在路边偶遇一个摆摊刻章的中年男人
地上摆满他刻好的
各种漂亮的名章闲章
还有一些漂亮的石料
我选了一块巴林石递给他
让他把我名字刻得生龙活虎些
"女孩子的章要娟秀可人才好。"他摇头说
没想到他刻下去的第一刀
竟削去大半块左手大拇指指甲
顿时鲜血直流

姜馨贺

小白头鹎

爸爸看着

我捡的小白头鹎说

你爸妈是谁

你知不知道

你是一只小鸟

你知不知道

小鸟斜了爸爸一眼

我清楚地

听见它说了句

管你鸟事

和妹妹睡在一起

见她一动不动的

我常常伸手

试试

她的鼻息

再继续睡

蒋彩云

霜

小表妹第一次来农村
对一切都好奇
奶奶告诉她
打过霜的萝卜清甜
她在日记里写着
萝卜是白的
霜是甜的

蒋涛

王牌特工

李叔把

窃听器改成

助听器

让我妈戴

我妈

不爱戴

说

讨厌那玩意儿

蒋雪峰

2 床是个木匠

半夜

2 床新来了个病人

是个木匠

干活时

电锯把食指锯断

中指锯残

他老婆

把断了的食指

用块布包着

央求医生

帮忙接上

医生摇头

接上存活的可能性小

到时感染还得截肢

木匠老婆好像没有听见

一遍一遍说

他是个木匠

他是个木匠

金珍红

朝鲜冷面

小时候，为了吃碗冷面

在家里闹腾好几天

最后以绝食来示威

农忙期的妈妈

实在是没办法

领我去了冷面馆

在收银台犹豫良久

只买了一张冷面票

然后多要了

一碗免费的冷面汤

那天我是吃饱了冷面

妈妈喝了两碗汤

包括我吃剩的那碗

君儿

地球柳

弟弟告诉我
美国的谷歌地图
能定位到老家的老柳树
只要找到了它
也就到了老家
30 年前我大学放假
和父亲一起下地干活
发现了这棵柳树苗
求父亲把它挖来
栽在门前的水坑边
如今我一个人
都已抱不住它
3 个亲人已故去
它却上了天上的地图

"专家预言得真准"

港里的挖沙船沉没

半个多月后才发现尸体

领导得意地强调

船一沉就成功封锁了消息

请来的专家说

沉入海底的尸体

在水温 10 度以上才会

浮上海面

所以半个月前这条

沉了的船上

7 个不见了的人

变成一具具海边

漂上来的尸体

是因为现在海底水温

已经 10 度以上了

信步 37 秒

高尔夫墙外马路

绿灯设为 37 秒

步行通过人行横道的

往往只有我一个人

全马路的车停下来

检阅我一个人通过

物以稀为贵

靠两条腿步行上下班的人

有众车齐刹允许

她一个人信步而过的

整整 37 秒（此处应有一个叹号）

中国孩子

我的第一个孩子

是和丈夫婚前有的

没办法只能流掉

不知道怎么请假

转天就上班了

生下儿子后

又有过三次

不敢要

也不可能要

乖乖到医院做人流

一次是在家吃药

恶心得死去活来

每次都和丈夫

翻脸月余甚至半年

为此早早结束了

夫妻生活

现在是毗邻而居

基本上做到了

睦邻友好

国策是怎么深及

一个中国家庭的

婚姻生活的

我想我也有权利

说点什么了

康蚂

赞

妈妈所在的老年舞蹈团

应邀参加食品加工厂开业仪式

第一个节目广场舞

为此排练了两周

我说您这么大的艺术家

出场费怎么也得几万块吧

电视台怎么也得派人来摄像吧

您怎么也得给我签个名吧

妈妈说怎么可能、怎么可能、怎么可能

笑得非常开心

"50"后

孩子们在台上弹钢琴

父母们站着用手机录像

陆续赶来观看的爷爷奶奶、外公外婆

经过看台时刻意

低头弯腰加快脚步

其实看台上根本没有人

李不嫁

小镇叙事

春天的燕子，无论飞多远

照旧回到去年的屋檐下

和新城区比，老街像穷亲戚

安静、朴实，除了礼拜天的小教堂

由基督带来一些人气

镇政府和派出所已迁往新址

粮食局和粮食脱离了关系

废弃的小学校改造成屠宰场

围墙内不时传出山羊的哀嚎

我的母亲做完礼拜回来

总要远远地避开那里。她清晰地记得

早年琅琅的书声里，我的小脸蛋像葵花绕着太阳

李东泽

人　群

受不了了
真是受不了了
他们在群里
养猫养狗
养王八
养耗子
养手把件儿
我再不咳嗽几声
他们还真以为
没人了

教　徒

身为教徒
当他恋爱了
他就经常带着女友
去教堂参加教会
几个月后他的女友

信教了

还把另一名教友

发展为男友

并把他一脚踹开

他从此

不进教堂

也不再信教

李海泉

城中村

从我这儿

向对面望下去

总有几伙人

各自在路边

他们敞开房门的

家里

打麻将

直到傍晚

我去五楼阳台

收晒干的衣服

看到对面好几家屋顶

种上了一大块一大块的

绿油油的蔬菜和葱

中秋节的月亮

中秋节晚上

一只下山的

瘦狼

在猪的耳朵上

轻轻地

咬了一口

出　卖

回家过年

爸妈给我介绍对象

我以外地养了

两只猫咪

尚未照顾好它们

做挡箭牌

随后爸妈

来西安那两天

我的小屋

我们一起吃饭时

两只小猫咪中

其中一只

不知从哪儿

叼到避孕套

在大家面前

扯着玩儿

山区古村

驱车

沿两千多米高的盘山公路

到达山顶

平坦的一览无余的美景

一户石头垒起的人家

院子里土鸡、大鹅

野猪、野鸭、猎狗满地乱跑

我们一伙人端起相机到处拍照

之后又觉得不好意思

向这家男主人买了

二十斤土鸡蛋

当我们离开时

一位八十多岁的老奶奶

从后面追来

朝正送我们的她儿子骂道：

"你狗日的

把窝里的蛋全拿了

我明早吃什么？"

李景云属

颤　抖

经过一个简单的过程
它们安静下来
轻轻活动着手脚
像没事人一样

至黄昏，我劁完这些异类
抱它们回圈的时候
才发现它们在微微地颤
我了解这种颤抖

自己经历过，也在书上读到过
伤口会很快地愈合
形成一个下凹的疤痕
把颤抖深深地埋在里面

李柳杨

左 秦

编选年鉴时
我告诉编辑
得给他加个框
编辑问我
他怎么去世的
我说可能是煤气中毒
他立马叹了一口气
我以为他会感慨
这么年轻的诗人
死了太可惜之类的话
谁料他说
"那也是有房的人
才能煤气中毒
像我们这样的北漂
连饭都没地方做!"

里所

新的人生

打扰了，需要贷款吗？无押金，出贷快

宽带不限流量，买一年送一年

请问是李总吗？邀请您参加

在济南喜来登大酒店举行的

全球经理人高端论坛

亚运村租房了解一下

你好，你的房子准备出租或出售吗

你有一张免年费的信用卡可以领取

整体家装现在七折

……

尊敬的女士，请您一定不要挂断这个电话

只需要耽误您几分钟的时间

您就能开启新的人生

李伟

为什么一定要扔鸡蛋

韩国队小组出局
回国被人扔鸡蛋

德国队小组出局
回国被人扔鸡蛋

巴西队止步八强
回国被人扔鸡蛋

中国队经常回家
从没有人扔鸡蛋

这只能说明一点
鸡蛋在中国是好东西

说话的口吻

妻子俯身问坐在轮椅上

八十七岁的岳母

"最近吃饺子了吗？"

"没吃""想吃吗？"

"想吃""好！妈妈给你包"

妻子不自觉就带出了

跟女儿说话时的口吻

写于桌前

不要抱怨

坐下来

把手放到

那张简朴的木桌上

然后

吃一个

刚刚洗干净的

苹果

多么神奇

这个普通的苹果

曾是

禁果

李勋阳

师　惑

在教学楼公厕的

洗手池前面

乳臭未干的

几个家伙

一边嬉闹

一边议论着

一个男老师的老二

让我犹豫着

还要不要进去

上个厕所

杯酒人生

晚饭后朋友聊天

不知怎么

就从华山男子跳崖的新闻

聊到日本作家自杀

聊到我最喜爱的作家

夏目漱石

挂在门框自杀

我突然恍然大悟

说夏目漱石肯定和我个头差不多

要不然怎么能挂在门框上

就能自杀

大家一起大笑

端起酒杯碰了一下说

看来自杀

也是需要考虑

自身具体条件的啊

兔子快跑

妻子心血来潮

给儿子买了一只小兔

结果儿子只感兴趣了半个小时

就再也不理

而我和妻子发现

养兔子很麻烦

主要是

她和我都不想当

铲屎官

而丈母娘在哄儿子乖时

却老喜欢给他说

"等兔子长大了杀了给你吃"

让我和妻子一致决定

带儿子出去将这兔崽子

给放生了

李异

神奇的男人

进了小区
顺着鹅叫的方向走
我就住在
窗台养鹅的
那间
房子里

绿太阳

一头花豹
蹲在草丛
像尊大佛
披着袈裟
目露凶光

李玉波

爱国货

我家的电器

都是国货

我抵制进口货

特别痛恨日本货

有一次去医院看头疼

医生要求做个 CT

介绍国产的 388

进口的 588

我问什么区别

医生说进口的是日本产的

当然比国产的清晰了

祖国啊对不起了

这回我要背叛您一次

莲心儿

北京地铁

我自驾轮椅

在地铁站等候上车

准备去言几又书店看书

车门打开

人们蜂拥而下

又蜂拥而上

我在车门边急得赶紧喊道

请各位帮我一下

我要上车

门口几个人互相看了看

迟疑地下来把我连椅带人拽了上去

车门即刻关闭

启动了

我连声道谢

人们没有言语

也没有表情

似乎刚才没人帮过我

廖兵坤

锈　铁

爷爷老了以后

锉刀锈迹斑斑

再也没有锯子

和它硬碰硬

跟锉刀一样生锈的

还有斧头

推刨　卷尺　墨斗

当然还有更多

是我不认识的

我去爷爷床底下

找钉子的时候

它们才被动了一下

随后又在木盆里

安静下来

跳神的功用

幺爷爷是个坚定的唯物主义者

只信医生的话

不跳神

不吃保健品

不喝鸿茅药酒

每天蔬菜就腊肉

在蛮子堡上

过着悠哉生活

和烧香拜佛的妈妈比起来

和崇尚保健品的外公

比起来

活像超脱凡俗的隐者

早把生死看透

直到罹患肺气肿

步入生命的终点

才问我爸爸

跳神的来了吗

了之

悲　哀

侄子买房
大哥问我借两万元
我答应两天后给

第二天接到单位通知
接续职业年金和养老保险共计九万三千多元
而我只有五万元存款

我把实情告诉大哥
虽然他连声说着没事没事
语气里却明显透着不信

怎会这么巧
换成是我
我也不信

战　友

一个传播佛教

一个推销基督教

被张强母亲相继骂出门的

两位中年妇女

在门口相视一笑

握了一下手

结伴而去

排　号

银行服务窗口显示

6号正在办理

而我是21号

只能耐心等

广播按顺序叫号

11、12、13、14……

都无人出现

一直叫到20号

坐我前面的中年男子

收起手机

站起来

回头朝我莞尔一笑：

这 10 个号都是我的

刘傲夫

父母爱情

父亲最终放手
母亲跟李矿长的
来往
是见到母亲
将一瓶农药
放在了
枕头边之后

后来，我和姐妹五个
长大成人
李矿长也成了
李老头
父亲仍然默许
母亲跟他的往来
父亲说
年轻时都忍了
现在老了
更不讲究
那个啥了

郊 外

一架飞机

正从我头顶的天空

飞过

它像熨斗

正把我内心的

千沟万壑

熨平

刘斌

阴间没有通货膨胀

我爸拆开一沓冥币
都是亿元面额的
丢进火中
又让我拆一沓
百元面额的
说要不然
你爷爷的钱花不了

刘川

命

按照级别
按照年龄
按照姓氏笔画
按照拼音
排了四次
我都在后排
遂仰天长叹了一声
从此认命

北京之行

先按级别
落座
吃了一顿

又按名气大小
落座
吃了一顿

随之，按辈分大小

落座

又吃了一顿

最后，买动车票出京，按买票次序

落座，泡一碗方便面

才吃饱

刘德稳

钥　匙

一把铁锁
挂在
苹果树的
枝丫上
铁锈
渗出的水
混着晨露
"吧嗒
吧
嗒"
往下掉
经血一样
落在
草丛间

黑眼泪

散落在深山中的漆树

每年夏天

都要增添新的伤口

割漆人

割开树皮

收集

流出的白色汁液

装入容器中

带回村庄

走乡串户

给新打造的棺木上漆

以此来赚取

微薄的收入

有时候

棺木上的生漆

还未风干

人已收殓进去

那些割漆人

把凝固的生漆

叫作

黑色的眼泪

刘天雨

师生情

母校的中文系老师们
编写了一本
《当代榆林作家群论》
将我排除在外
我的一个朋友
遇到了主持编写的老师
向他提出了
这个疑问
为什么选了那么多
垃圾人
却没有刘天雨
老师笑了笑回答：
哦，天雨啊
那是我学生

老朋友

来自温州的女老板

在佛罗伦萨

开了一家中国超市

她告诫我们

看好自己的钱包

小心阿尔巴尼亚人

——我们曾经的

社会主义兄弟

中国人民的老朋友

在电影中

教我们

如何做一个英雄

现在

流浪在欧洲

专盯着中国人下手

罢 工

在巴黎买去往

昂布瓦兹的火车票时

被告知

工人罢工

无车可坐

在布卢瓦买去往

舍依索的巴士票时

又遇罢工

无票可买

在法国的几天

处处遇到罢工

却没看到罢工的人

没有游行

没有集会

没有标语

就好像他们突然不想上班了

就不去上班了

刘溪

母亲是飞走的

至今我都不能原谅自己

让大夫给她上呼吸机

我看她憋得难受

不知道用上了就取不下来

她嘴里插着塑料管

脑袋上戴着冰帽

像全副武装的宇航员

那天夜里她看着我老是流泪

我知道她有话想说

就装作明白她的意思

过一会儿给她擦一次眼泪

她起飞前最终无话

只在屏幕上留下一条直线

刘一君

谢谢观众

下了高速
找到小城里
还在放我演的电影的影院
前面是两男一女
我坐在他们后面
他们看银幕
我看他们

看着看着
女孩儿哭了
但旁边的男孩儿没注意到
我只有递过纸巾
男孩回头瞪我一眼
我笑笑走了
挤出看新上映大片的人群
回到高速上

首都一角

一棵老槐树的枝

伸过西交民巷

一轮没有搅浑的夕阳

挂在绒线胡同的屋顶

天幕从灰白

变成淡蓝的时候

路灯亮起来

那个四岁男孩

拉着铁轮儿平板的影子

爬过来

像个成年的纤夫

他高兴地叫喊

妈　今天收了好多瓶子

我们吃碗蛋炒饭吧

他妈爽快地答应

男孩放下绳子

拉他妈进了小吃店

平板车停在我脚前

那两个挂着的空油壶

还在兀自晃荡

绿天

再也不可能第二次生 baby

昨晚

我梦到自己

生蝴蝶

生了许许多多

它们从我的肚脐眼

烟火般冒出

我攒着劲

拼尽全力

把那些斑斓喷射出

巨大的收缩和快感

与唯一一次生儿子时的

一个样

罗官员

参 观

我们去了西双版纳的雨林古茶坊

向导带我们去看

存活千年的古茶树

琳琳在古茶树林里

捡了 1 元钱

向导告诉她

不能捡地上的钱

这是傣家人的习俗

捡了会不吉利的

琳琳把钱丢在了地上

过了一会儿

我把 100 元人民币放在一棵树下

却被另一个游客

用脚踩着

随即拾了起来

捐　款

老妈说

街上来了个可怜的女人

不知什么原因

手和脚都没有了

叫我捐点钱给她

我捏着一张 100 元的人民币

准备给她

可是

进不去

围观的人太多

马非

拉　黑

我有一个亲戚

有点儿钱

成天在朋友圈

嚷嚷要往非洲捐

我最近买房

在私信里

向他借10万元

并申明：算利息

一星期过去了

也没能等到

他的答复

昨晚发现

把我拉黑了

惦　记

在广州

湘莲子给我讲起

她有一些病人

都好几十岁了

只有四五岁孩子的智力

她做过一项实验

给他们读古诗

他们如闻仙乐

高兴得手舞足蹈

给他们读现代诗

或者没有反应

或者表现出烦躁情绪

我没有听完

就差点跳起来

激动地建议她

赶紧写成诗

一个月过去了

我老惦记这件事

也不知道她写了没有

情人节

七夕之夜
散步途中
我看见
好几对
牛郎织女
在细雨里
吵架

教　练

老婆开车四年
跑兰州机场
这么远的路途
还是第一次
天黑又逢大雨
坐在副驾驶
我不免紧张
又不好声张
只得双手抱胸

做镇静状

偶尔喊上一声

通常是"注意"

老婆说

"你挺像教练的"

惭愧得很

在驾驶技术方面

我这个教练

才刚刚学会

怎么样开车门

以及锁车门

中国智慧

写得多有什么好炫耀的
写得少才值得炫耀

写得少有什么好炫耀的
只写一首才值得炫耀

写一首有什么好炫耀的

一首不写才值得炫耀

一首不写有什么好炫耀的
顾左右而言他才值得炫耀

顾左右而言他有什么好炫耀的
嘴都不张仅竖一根指头才值得炫耀

马海轶

表弟戴凡盛

"脱去衣服反文化"

说的是我们这代人的青春期

哦　神仙　请原谅我们吧

哪代人　哪个人　没有青春期

表弟戴凡盛虽然过了青春期

但他至今好像没有长大

看什么都不顺眼　反来反去

前天早晨　他发文反对公共厕所

是的　这情有可原　有一座

公共厕所　建在他家的西北角

西北风总从那边吹过来

他还曾反对"按姓氏笔画排序"

这也不是平白无故　经过多年

奋斗　好不容易官至正科

可按姓氏笔画排序　他

在名单中还是排在倒数第一

"我去　这是什么规则"

不可思议的是　有阵子

他反对电视里的动物世界节目

反对赞比亚野狗和猎豹

而且没有任何反对理由

我问表弟是否反对奴隶制度

他想了想　说这要看情况

"什么情况"我极想知道答案

他讳莫如深　没有应答

马金山

一位即将临盆的孕妇
私下给医生的一张留言条

"大夫

一会儿如果发生意外

都要先保我

谢谢了

一定记得

不管孩子是不是男孩

不管任何人说什么

都要保我"

都要保我

听到耿一明

说了这些

秦欣凑到我耳边说

"老公咱们不要老二了行吗"

生　活

　结婚第二天

忘记了因为什么事

我们争吵了起来

一气之下带着结婚证

坐上了去往县民政局的汽车

走到半道

车坏了

等到师傅修好车

天色已晚

我们又坐上了返回的汽车

就这样

我们一直过到今天

纪　实

上午

下属老刘眼泪汪汪地找到我

说端午节要申请回去一趟

怕我不批准

专程拿出跟他老婆聊天的语音

放给我听

语筒里传出来一个女人幽怨的声音

"我需要的不是衣服"

蛮蛮

我无法理解的事

二奶奶三天没有出门
从她家门口的合欢树下
路过的村民
嗅到了不好的气味
几个人竖起梯子
越墙进入她的院子
拉开大门的木栓
开始呕吐

二奶奶的灵堂上
其女坐在灵柩边
欣慰地说道
"娘命好,走得很安详"
并声明自己
不能跪母
是因为基督诫命
——不可拜偶像

在场的人都点头
表示可以理解

顺　序

城里的两岁外孙来陕北外婆家
远远看到猪圈里的庞然大物
懵了一下
随后指着它的鼻子
兴奋地叫了一句
佩奇

说不定就是

晚上一只螳螂潜入窑洞
伏在一岁宝宝的背上
我伸手捉住它
它的三角脸
大眼睛
像极了外星人

锻炼锻炼

朋友和她的村官老爸谈心
说到她妈妈
一个人包揽了所有家务和农活
挺辛苦
她爸说
关键是看时间安排得是否合理
时间安排得恰当了
干活就是锻炼身体

梅花驿

扫　盲

母亲小时候

只读过两年书

识的那些字

早还给了老师

父亲退休后

和母亲一起念经

母亲又慢慢认得了

大部分汉字

晚年竟独自

读懂了佛书

头上插满花的女人

女儿小的时候

带她在楼下玩

有精神病的邻居阿姨

也在转悠

一下没看住女儿

女儿跑过去

对头上插满花的阿姨

说了一句：

"你可真漂亮"

茗芝

路　障

一辆清理路障车
横在马路上
成了路障

马路天使

穿黄马甲的
志愿者
天天站在交通路口
爸爸说
有红灯绿灯
他们显得多余
我说
色盲需要

身　价

刚吃了一个

很贵很贵的猕猴桃

顿时感觉

自己身价又涨了

细　腿

一个阿姨

走在我前面

那双细腿

可以用来夹菜

莫渡

第一次和父亲给先人们烧纸

我们并排跪在果园

点燃六叠

面额相当的纸钱

其中

父亲的生父一包

生母一包

剩下的四包

给父亲的养父养母

我们用树枝搅动纸钱

火焰摇曳

最先化为飞灰的纸钱

向果园深处飘去

六叠纸钱

很快化成了灰烬

我们的脸庞炽热

脊背却依然冷清

梯子不可靠

真不该让母亲看到
我从梯子上跌落的一幕
当我失去平衡
惊慌落地的刹那
全身的毛孔
都跟着喊了一声："妈！"

三条腿的人字梯
杵在果园再久
也不可能扎根
而一棵树
轻易地做到了
我的母亲
就在那棵树上

默问

白　发

有次给妈妈盛小米粥

刚放在桌上

一根粘着米粒的白发

那么显眼地

搭在碗边上

妈说：是我掉的

我说：是我掉的

时间到

夫妻俩离开家乡

一个北京

一个上海

经常

在各自的出租屋里

拉上厚厚的窗帘

用眼神办一点儿床上的事

差不多一袋烟工夫

她提醒他

该上工了

南人

告别仪式

告别仪式上

我们一起缅怀死者生前给予我们的帮助

大家都说他给的太多太多了

点点滴滴从未间断

最后把自己全都给出去了

我顿时觉得

死者这一生

一开始就是一盒骨灰

经年累月间

你抓一把

我抓一把

一次次抓取

他早已

灰飞烟灭

当代史

和老师聊人生坎坷

聊当今历史

发现许多惊人的相似之处

我不断追问其内在原因

老师笑而不答

最后被我逼急了

他拿出一张 20 世纪六七十年代的唱片

放在老式唱机上播放

那唱机唱到一处

突然抓住一句使劲重复

"都有一颗红亮的心！"

"都有一颗红亮的心！"

"都有一颗红亮的心！"

老师笑着说

"你明白了吗

一个曲子唱久了

唱片也会跳针"

潘洗尘

母亲的嘱托

父亲　从现在开始
你必须接受
我一个人的
两份爱

还有一份
是我们痛不欲生时
母亲让我
转给你的

火　车

在昆明开往北京的高铁上
接受乘警的盘问
携带利器了吗
没有
手机算吗
不算

你去北京西站干什么
开两个会

直到凌晨时分
从北京西站出来
我心里还一直嘀咕
这不是和警察说谎吗
我也不是地下党
到火车站开什么会
其实自己千里迢迢
来北京西站的目的
无非就是为了
下火车

庞华

贫　道

转至云山道观后院
一个老道长正在
给菜地泼粪水
毫无仙风道骨样
倒是那些碧绿的菜
风中
好有道骨

母亲的邻居

八十岁的老头
没读过书
但反应很快
我做红烧肉
在厨房大声
问母亲姜在哪
母亲大声说用完了
忘了买

他便敲开门

送来了姜

母亲随后小声告诉我

他总是这样

间谍一样

涮玻璃饭盒

上班时吃完自带的饭菜

我往玻璃饭盒里

倒入一杯茶水

用筷子来回涮了涮

端起来一口喝光

随手点上饭后烟当神仙

惊呆了一个新来的 90 后小同事

庞琼珍

草　堆

小妹说起小时候

不知道闯了什么祸

哥哥们被大人拉到

院里枣树下罚跪

受罚前

把她藏在稻草堆里

过了好半晌儿

大人看不见小女儿

着急了

哥哥们嚷道

跪着可没法找

彭杰

斯大林的照片

1925 年一次会议后

苏维埃的创始人们

拍下了最后一张合照

往后的十三年

他们一个接着一个

从照片上消失

于是今天我们再看到这张照片时

主席台上

只坐着一个斯大林

和他头上的一顶灰毡帽

这顶帽子

是托洛茨基担心斯大林着凉

从头上脱下递给他的

托洛茨基还不知道

再过三年

自己就要被驱逐出国

但那时斯大林并没有拒绝

他接过帽子

用那只十五年后

签署暗杀托洛茨基文件的手
拍了拍托洛茨基的肩膀

行刑场

山很小

后面有一小块空地

每隔几天

都会从远处

开来一辆军用卡车

下来几个低头走路的人

和一群不说话的军人

我们往往站在很远的地方

等待枪声响起

现场清理完毕

然后一起去找子弹壳

它们成了我童年时代为数不多的玩具

彭晓杨

城管来了

菜贩子
开着三轮电动车
一溜烟就没影了
他还在慢吞吞
收着自己的货品
不是胆大
也不是有背景
这一货摊的
玻璃制品
急得他
想哭

蒲永见

角　色

昨天下班时
在桥上磕头乞讨的女生
今早上班时
在桥头指挥交通

昨天我将五元钱
放进了她的盅盅里
今天她将我
拦在了红灯下

昨天她穿的校服
今天她套了件红马挂

濮建镇

置身事外

杭州的公交车上大学生纵火案视频
见大学生往自己身上倒香蕉水
从口袋里掏出打火机
一车人围观着这个过程
没有一个人出手阻止
就在打火机点爆香蕉水的一刻
火焰蹿到了整车人的身上

祁国

大　雪

一个走路的人摔了一个跟头
一个骑车的人摔了一个跟头

他们一边摔着跟头
一边哈哈大笑

起子

在远方

要去远方

预订了一家民宿

坐高铁

坐公交

然后打出租车

到了定位的地方

是一片废墟

司机告诉我们

前两天强拆

这里的所有人都搬走了

我们取下行李

给老板打了电话

几分钟后

从黑暗的小巷中走出几个人

提了我们的行李

把我们带到

废墟中的一幢小楼

老板迎出来

说因为自己有关系

还能偷偷营业
"你们出入这里
一定不要被人发现了"
我提着箱子
去预定好的房间
总觉得这是
一个鬼故事的开始

丫 头

在虹桥高铁站
人群中
有人冲我身后
喊了一声
"丫头!"
我回头看到的
和我想象的不同
一个老太太

满脸笑容

挥着手

跑了起来

河

十几岁的堂哥

从桥上一跃而下

一个猛子扎进河里

很久都没有露出水面

我父亲着急地

也跳进河里

但他在水下没有摸到人

当他换了气再下去

我的堂哥从很远处的河面

露出脑袋和一条胳膊

手里抓着一只河蚌

堂哥和我父亲

如今已经绝交了十多年

他们都憋着一口气

手　枪

我从握紧的拳头中

伸出食指和大拇指

做成一把手枪的样子

指着面前的狗

狗不知道这是一把"手枪"

它把鼻子凑过来

闻了闻

接着用头顶着我的食指

这样我只能

把其他三根手指

全部摊开

抚摸它的头

人面鱼

质　问

夜色中
路灯下
一名女子
对着手机
愤怒嘶吼
带着哭腔
"你到底
什么时候回来
等一下是什么时候
马上是
多长时间"

主战派

一九八八年出生
身高一米六五上下
体重约五十公斤
戴黑框眼镜

有一套房子

每月要还

两千多元的贷款

有一辆车

结婚一年多

正打算要小孩

和我一样

每天上班到

凌晨一点

昨天和我

激烈争辩

"打仗哪有

不死人的呢

如果一仗能换

二三十年的和平

那也值了啊

中国军队都

二三十年

没打过仗了

也该打打了"

三个 A

智障女孩的哭声

打开电脑准备写诗
突然听到对面楼上
那个九岁的智障女孩
歇斯底里的哭喊声
妈妈，我要妈妈

妈妈呀，我要妈妈

妈妈，妈妈呀

呜呜，呜呜，妈妈呀

我要妈妈……呀

以前偶尔也会哭

从来没有如此大声和长久

心乱如麻的我

忍不住悲从中来

泪水模糊了眼睛

暑假培训班

放假之日

学校门口挤满了

推销产品的人

各种五花八门的培训班

其中一则广告

是教防骗术

学费两千元

承诺报名之后

三年内上当受骗

全额退还学费

散心

禁止大声喧哗

候车室的

警示牌下

一对夫妇

在用哑语教训

她们的女儿

看她们上下

翻飞的手

她们的态度

一定很严厉

小女孩的眼里

泪光闪闪

接开水走过时

我对那对

"喋喋不休"的夫妇

指了指墙上的

警示语

阳谷县城

数百年来
这座土得
掉渣的小城
最美的相遇
还是那根
从临街窗台
滑落下去的
叉竿

沙凯歌

来电话了

他在大桥上

站了很久

先后给

父亲、妻子、女儿、弟弟

都打了电话

天色将黑

他回到了家

他分散在

四川、广东、天津、山东的

父亲、妻子、女儿、弟弟

从来都不知道

每隔一段时间

他就会跑到大桥上

面对湘江水

给他们

打电话

卡　车

一位新疆阿克苏的读者加了我的微信

他说爱上了我的灵魂

我问他我的灵魂是什么样的

他说是"一辆崭新的 24 轮的卡车"

真是个漂亮的比喻

于是我翻看了他的朋友圈

发现他是个水果商，就下单买了箱苹果

我告诉他：

我这个大卡车也就这点儿运载量了

尚仲敏

诗是什么

有很多朋友

为诗所苦

在书桌前

挑灯夜战，日渐消瘦

还有一些朋友

所谓的学院派

拿着外语词典

搜肠刮肚

用遍意象和隐喻

写一些连自己都不懂的

翻译体诗

我从十七岁开始写诗

直到今天才知道

诗歌就是

你喜欢一个美女

就对她说

有什么事

我们躺下再说

反　腐

今天，冒着严寒

我去看一个朋友

副部级

在仁寿看守所

他因为腐败

进去了

我说

伙食怎么样

他说

蔡英文当了总统

她要搞台独

我坚决反对

我说

看守所伙食怎么样

你先回答我

出租车

晚上吃过饭

我的司机送客人回去

我上了一辆出租车

去另一个地方喝酒

出租司机一直在哼《映山红》

这是我喜欢的一首歌

但他唱得太难听了

我实在忍不住了

就对他说

我唱一首，你听

唱完后

这个家伙满含热泪说

哥，一看你就是个文化人

我是成都市五小毕业的

你读的是哪个小学

沈浩波

爱情和友情

从莫斯科地铁出来

迎面是风雪

台阶上的雪

部分冻成了冰

前面的人在喊

太滑了

小心脚下

我和韩东

落在队伍后面

小心翼翼地

下台阶

韩东的夫人鲍彦颉

和轩辕轼轲

站在台阶下

看着我们

等到老韩的双脚

迈出最后一个台阶

鲍彦颉才一下子

把脸转向前方

现在只剩下轩辕轼轲

还在等我

迈出下台阶的

最后一步

开　悟

中央电视台的主持人

名校毕业

高大英俊

自命不凡

觉得人间一切

已不在话下

转而追求

灵性的觉醒

走上了修行之路

那天我们一起吃饭

他告诉我

他已经开悟了

是突然开悟的

他还问我

有没有看到

他身上有一层光

我说没看到

这并没有

打消他的兴致

他仿佛置身

人类的巅峰

兴奋极了

我向他要

他欠我的十万元钱

他手一挥

"这个以后再说"

直　播

社交媒体是个好东西

让我直击有趣的现场

两个诗人正在评论区

你一句我一句

像做直播一样

认真地讨论一首

写得烂极了的诗

现在他们已经

从这首诗的哲学深度

谈到了某种

文艺理论的高度

其中一位

还幽幽地叹了口气

说：“这一点儿

估计没有几个人能看懂”

蓝棣之教授

蓝教授邀请我

去清华大学

朗诵诗歌

我那首诗很长

脏话太多

蓝教授听不下去了

想制止我继续

念下去

我不肯

他在后面追

我在前面跑

握着话筒跑

边跑边朗诵

我们俩在礼堂的讲台上

演二人转一样

读完了那首诗

多年之后

想起此事

忍俊不禁之余

觉得应该感谢

蓝棣之教授

喊我去读诗

并且让我

读完了那首诗

沈熙雯

灵魂出窍

一只茄子
木木地躺在案板上
仿佛
忘记了
自己
是一只茄子

盛兴

男人丙

妻子回家后对地上的一根长头发提出质疑

他恼羞成怒，一边高声骂妻子是神经病是疯子

一边捡起那根长头发像扔石头一样狠狠地朝窗外扔去

但头发很不听话，慢悠悠地又落到他的脚下

这终于使他安静了下来

"说吧，你到底想怎么样"

梦回故乡

昨夜梦回故乡

和二婶、三婶对骂，一人迎战两个当地知名泼妇

文思泉涌，脏话如潮，瞬间将二人放倒

就家族那点儿破事，早就看透了三十年

二人倒地伸腿高声哭娘

这就算我完胜

早上醒来，嘴角仍有唾沫，心里很舒服

故乡了然于胸

也算给死去的妈出了一口恶气

一段记忆

那一年，姑姑把绳子搭在房梁上想自尽

刚刚踩倒了脚下的板凳就被路过的叔叔救了下来

第二天姑姑到我家来吃饭

我妈捏水饺，她擀面皮，有说有笑

我至今想不明白

人为什么可以想死就死，想活就活

正午的阳光从后窗打在姑姑脸上，每一根寒毛清晰可见

我发现，没有死成的姑姑更好看了

劳动人民在刺目的阳光下

刺目的阳光下

一个瘦骨嶙峋的老头扛着把锄头

他的手搭成凉棚状往前观望

像极了一个筋斗十万八千里的孙悟空

刺目的阳光下

一个卖烤地瓜的老太太

她撑着疼痛难忍的老腰哼哼叽叽
眯着睁不开的老泪眼，舔着风干开裂的嘴唇
像极了无病呻吟的苍井空

石蛋蛋

简 历

西格玛。东北虎，雄性

1989 年出生于大兴安岭

1989 ~ 1991 年随母亲在家乡学捕食

期间玩弄死一只松鼠、两只野鸡

1991 ~ 1992 年三次辞别故土

因外界环境生疏逮不到猎物

回到母亲身边进修

1992 ~ 1996 年独闯小兴安岭

吃掉三头野猪、八只梅花鹿

两匹狼、一头牛

期间，强奸了四只两岁小母虎

致使三只怀孕生下第二代

1996 ~ 1998 年扑向内蒙古草原

期间，伤了八头奶牛和十二匹蒙古马

1998 ~ 1999 年在东北野生动物园

高级进修班深造

1999 ~ 2000 年巡游秦岭

期间，咬死三公一母华南虎

2000 ~ 2003 年闯荡西伯利亚

期间，途中干掉五头麋鹿咬伤两只黑熊

2003～2006年从西伯利亚落户

北京野生动物园

期间，吃掉两百只兔子、四百只土鸡

三十只绵羊和一千斤瘦猪肉

2006～2007年，野生动物园医园就医

期间，人工陪护费、医药费折合人民币

一千一百四十三万七千二百元

2007年9月9日突发脑出血

（今天，仍在抢救中。填表日期，2008年2月2日）

石薇拉

艺术品的功能

家里摆着各种各样

形态不一的

石头

对我来说

这些石头只有

一个用处

就是坏人进家时

可以用来当武器

嗜　好

妹妹和弟弟

都喜欢吃鱼眼

我也想尝尝

始终下不去口

每次路过菜市场

总感觉

有十几双鱼眼

在盯着我

时宁

她们都在笑，只有你露出了牙齿

一张照片让我记住了你

她们都在笑

只有你露出了牙齿

全部的牙齿

那真是一个好范本啊，关于

牙齿的范本

整齐可数的上下牙

咬合完美的上下牙

那一年

临沣县所有的春光

都落在这个

女知青的牙上

释然

最幸福的年

1983 年

父亲用攒了大半年的钱

买来一台黑色外壳彩电

摆在了堂屋正中间的

一张桌子上

母亲把缝纫机也从里屋搬了出来

那个年假

几乎是这样度过的

我与父亲围着火炉

在母亲脚踏缝纫机的

"嗒嗒"声中

看了一部又一部的热播剧

有次因为激动

差点踢翻了

父亲放在火炉旁

做臭豆腐的

玻璃瓶

古　寺

高大的佛像下

是长条形供桌

上面设香炉、蜡竿

和福袋之类的小饰物

桌子下面是

四角兜起的红布

紧挨着蒲团

两旁站着

面无表情的工作人员

看人叩头祈福

站起转身

没往红布里投纸币

才忽然伸出

摊开手掌心的

一只手

蛙

站在一片水域旁

给你打电话

眼前是一人高的芦苇丛

水里漂着几片

睡莲叶子

叶子下面有

银灰色小鱼来回游动

一只黑鸟在水面上飞

当我为你描述这些时

你告诉我

有只青蛙

我静下来

听到了那端

你的喘息声

隐约夹杂着

几声

蛙鸣

双子

雨中的母亲

我们以为她走累了
回过头才发现
她正用下巴和肩膀
夹着伞柄
用腾出的那只手
帮着另一只手
按手机
"你们走你们的"
她说
"我就想拍一张
你俩的背影"

打 工

我的妻子，狮子座
在我眼中，外表出众
气场十足，并有着
令我钦佩的领导力

有一次我们聊到未来

我对她说

以后你当我老板吧

谁知她一下子急了

质问我道

难道你的梦想

就是给一个女人打工

饭馆的二楼

姑娘正在收拾桌子

一位大叔走上来

刚要坐下

"二楼下班了

您坐一楼吧"

姑娘告诉大叔

大叔听罢

折回楼梯口

趴着扶手

冲下面喊道

"她说二楼下班了"

"咚咚咚"

楼梯响到一半

紧接着蹿上来

一个女人的声音

"下个屁班

都给我上二楼"

姑娘朝那楼梯口瞪了一眼

把抹布狠狠地摔在了桌面上

宋晓贤

天快亮了

1966 年
两班红卫兵
连夜审问吴心光
你还信不信耶稣
囚室里灯火通明
上半夜审问完了
下半夜继续审
吴叔叔一宿都没合眼

最后，一个红卫兵
不耐烦了，厉声问
你还要不要信耶稣
吴叔叔说：我就是信耶稣啊
那个红卫兵拍桌大怒
天都快亮了
你还要信耶稣吗

宋雨

写诗的同学

没借到我的自行车

就不给我看

他写的诗了

他的家那么远

路上又铺满了碎石子

那个周末

他没有借到

任何一辆自行车

我想他会

为这事写一首诗

多年以后的

同学聚会

有人回忆说

咱班有一个

老是借不到自行车的人

你们还记得吗

宋壮壮

过　节

冬至这天

第二外国语学院食堂

卖饺子的窗口排长队

其中有几个外国人

格外显眼

一个黑人大学生已经打好饭坐下了

面前放着醋、蒜泥和辣椒

调好的小碟蘸料

我握着一听啤酒在旁边排队

想告诉他

"再来点啤酒

饺子就酒

越吃越有"

佛　国

老挝的男人

至少出家一次

我们的导游红利

说他小时候

出家过六个月

早晨天蒙蒙亮

他和众僧人赤脚排队来

接受布施

在布施的民众中

有时会碰到自己的家人

他仍是按照规矩

不说话

只是会笑一下

目　击

医院挂号处

小伙子弯腰对着窗口

破口大骂

挥拳头往玻璃上砸

一旁的大妈劝

没什么效果

还是用手指着

让里面的人滚出来

一个大爷走过去说

"小伙子消消气

正开两会呢"

小伙子竟真的停止了辱骂

看了看周围

转身走了

苏不归

无　题

金边的小僧侣
走在红色高棉时期
遗留的人骨废墟中
手机互拍

广岛的年轻人
约在原子弹爆炸后
烧焦的土地上
打棒球

重庆的老市民
聚在日本大轰炸时期
救命的防空洞里
吃火锅

新义州的中学生
坐在锈蚀的摩天轮下
面朝鸭绿江对岸的蓝天
写生

蓝色的多瑙河

——赠起子

站在世界最高的教堂之巅

内心无比满足

我无信仰

因此满足感并非源自教堂的神圣

它源于

我和我的家人一起

用 768 步攀上教堂顶端

（母亲走一步数一步）

此刻

教堂广场上的手风琴声

《蓝色的多瑙河》

竟格外清晰

传到耳边

当我沉浸在阳光与美景中时

第一次出国的母亲

望着前方蜿蜒的多瑙河

微笑着说出

令我尤为难忘的一句话

"多瑙河不是蓝色的"

望 穿

冬雨中

翠屏湖上坐游船

掌舵的老人

来自本地古田县

他告诉我

1958 年

因修水库

整个县城被水淹没……

他望了一眼湖面

接着又说

小时候

做梦也没想到

有一天

我会在天上开船

孙成龙

杀爸爸过年

腊月十八

二狗子的尸体

从工地运回

亲人们手忙脚乱

给他剃光头

修胡须

刮体毛

洗身子

……

他的双眼

一直没有闭上

正透过门缝

看着他三岁的儿子

儿子"哇哇"大哭

我不吃肉了

我不要杀爸爸过年

唐突

我做过的一件坏事

我曾经为他
写过一篇报道
"甘当革命的傻子"

他老婆现在
很不高兴
对我说

他现在真的傻了
在监狱里
当初你不该给他
吹牛皮

进　步

用 180 元
我买了一件衬衣
现在应该进步了

不再说我傻蛋

在市场转了一会儿

又转到衬衣店前

老板看见我

果然朝我

露出了笑脸

我想起十多年前

也是在这个市场

买了一件衬衣

在市场逛了一会儿

又路过衬衣店

听见有人在问衬衣店老板

下午生意咋样

衬衣店老板回答

刚才有个傻蛋买走一件

赚了 50 元

元　旦

"明天就是
元旦"

湖北襄阳
丹江路
人行天桥旁边的
椅子上

一个男乞丐在吻
一个女乞丐

林荫道上

一个老人带着他的老狗
在林荫道散步
那条老狗
比他走得快些

他掏出手机

打电话

没有打通

那条老狗返回来

抬头望着他

唐欣

致命的教职

能给一位女王做私人教师
该是不错的工作吧　也许
借此还可以改变世界　发明
解析几何　并且怀疑一切的
笛卡尔　从荷兰愉快地来到
斯德哥尔摩　他的瑞典学生
克里斯蒂娜是聪明的　更是
勤奋的　思维缜密的哲学家
唯一没有料到的是　每天的上课
时间是清晨的五点钟　这位喜欢
在温暖房间睡懒觉的法国单身汉
必须迎着北欧冬天　刺骨的寒风
前往皇宫　可惜后悔　已经晚了
结果　四个月以后　伟大的
勒内·笛卡尔　就与世长辞了

致敬李白

已经几次造访此人的故乡
拜谒衣冠冢　老祖宗李白
他更乐意　认作一位大哥
现在他甚至取得　以其命名的
奖项　但他很清楚　尽管他
崇拜李白　却不能保证李白
也欣赏他　要是看到了他的
那些歪诗　李白会不会怪他
太婆婆妈妈　又小里小气
而他能不能辩解说　天是变了
可我的心没变　还是自由的

海　边

洛杉矶的威尼斯海滩
面对着茫茫的太平洋
遥远的对岸应该就是
祖国　他看着海浪一个

接着一个　向他涌来

碰撞然后升起　又退回

下一个海浪　又咆哮着

向前奔涌而来　永不休止

可惜他年过半百　还是

听不懂大海的语言　但他

还是放歌留念　唱的却是

少年时代学的海军歌曲

《我爱这蓝色的海洋》

阅览室

机关简陋的阅览室　少年心目中

瞭望另一个　广大世界的舷窗

别的人翻翻报纸　看看画报　他则

默诵着　刊物里的　那些长短句

其节奏令他着迷　临近下班　剩下的

读者　往往只有他和　一位戴眼镜的

中年人　因为个子太高　总是抱歉似的

哈着腰　能看得出　来自野外的钻井队

而不耐烦的女管理员　已经开始洒水
扫地了　他们只能起身　无奈地出门
后来有天放学回家　晚餐的客人正是
这位落魄的满族子弟　他将同父亲
一起调入油田　新近成立的研究所
而那位图书管理员　原来竟是母亲的
四川老乡和好友　失联多年后　当然
成了家里的常客　她的经历充满传奇
而少年自己　也很快离家求学去了
这些熟悉的长辈　后来都不知所终

陪伴母亲的下午

陪伴母亲的下午　长久默默无言的
房间　试图让空气流动
他想到　还从来没有给母亲
唱过歌呢　于是就哼唱起来
蹩脚的歌手　倒还有些存货
先是样板戏　《临行喝妈一碗酒》
母亲点头　李玉和再来一首

早也盼晚也盼　母亲说李勇奇

继续　《我为祖国献石油》《克拉玛依之歌》

送别《草原之夜》《远飞的大雁》

母亲无力地表示　听过的　接着

他又唱了《三套车》《喀秋莎》　还有

《莫斯科郊外的晚上》　母亲说

过去爸爸也爱唱这些　儿子问

爸爸唱得怎么样　母亲微笑着

当然比你唱得好多了

天狼

茅塞顿开

一字一字念出声来
然后琢磨一下
这个酱香型的成语
散发出 53 度
特供的气味

人群里的孔子

对一年一度的祭孔
我本没有任何看法
那是我不感兴趣的事情
直到偶尔从一张图片
看到祭孔的场面
心就那么怦然动了一下
真的太好玩了
官员们穿着古装礼服
被看热闹的人群
层层围在中心

本来是受祭拜的孔子
此时正好立在了人群里

后脑勺

在一家理发店
我第一次见识到
自己的后脑勺
它那么古怪
超出了我的想象
尽管我对它
从没有过想象
它的模样
不但可笑
甚至有点可憎
我盯着它
仅仅一会儿
便萌生出对它
做点儿什么的冲动
我打了个寒战

这玩意儿

天天暴露于

别人的眼皮底下

却毫无防备

太危险了

怎么办

我不安地问理发师

我的头和别人的

有什么不同吗

他从镜子里

冲我扬扬剪刀

有什么不同

在我这里

你这头就是十元钱

田半亩

雪　人

下雪了

光棍老刘在院子

堆了个雪人

头上戴上红帽子

过路人一看

这家里

多了一个女人

铁心

仿　佛

又见评论

某某画家

中国的毕加索

中国的凡高

中国的弗洛伊德

中国的怀斯

不知有没有

西班牙的齐白石

荷兰的石鲁

奥地利的黄宾虹

美国的张大千呢

我的祖国

到处都是拾穗者

今年过年特别静

"大过年的

别闹动静"

一个中年仙姑对她亲戚家的小孩子说

小孩子跑到公园里
把一包摔炮
"啪啪"地
摔完

图雅

分　居

结婚半年多

他去读书

一读六年

我们算不算分居呢

生了孩子

他去书房睡

我们算不算分居呢

孩子上大学

他去了儿子房间睡

我们算不算分居呢

过去他和我说

美国夫妻三个月不在一起

就算分居

就可以离婚

现在他不提此事

他心里是不是想着

离婚呢

只有这里我帮不了

儿子手术后
两三天去医院一趟
换药
不去医院的日子
自己换
一次我进卫生间
他正低头
我背对他在池子里洗手
并说
"我不能帮你
要是小时候我可以"
他说
"你现在帮也行
我就当你是女朋友"

王国平

1986 年 · 开学记

新学期开学，该交学费了
我爸一瞪眼说，钱找你们老师要去
他上次打牌还欠我一元八角

"学杂费加起来一共一元五角"
班主任对我已经说三遍了
我垂着头，迟疑着、忸怩着、嗫嚅着
最后鼓起勇气说，老师
我爸说，上回你打牌欠他一元八角
扣除学费，还要补他三角

老师脸上的笑容瞬间凝固了
他涨红着脸，结结巴巴地说
学费的事，下来再说、下来再说
下一位

王犟

比我慢

所有的自行车
比我慢
所有的电动车
比我慢
所有的私家车
比我慢
所有的出租车
比我慢
我不是在往老家奔
我是在向老家飞
所有的鸟儿和飞机
比我慢
到了奶奶的小院时
奶奶已走了
我哭着大声喊
"奶奶!
奶奶!
奶奶!
您再也不能疼我了"

我要抱着奶奶去追命

所有拉我的人

比我慢

王立君

我觉得我像天使一样

新地铁站里工作的人都懒懒地站着

我一走进去

他们立刻高兴起来

我也表现特别好

伸平胳膊

让他们认真检查我的翅膀

和身体

王林燕

秘　密

春天来了

花儿就要开了

红的乳房胀痛

不敢告诉妈妈

"你帮我看看

摸一摸吧"

左边比右边

大一点点

硬一点点

一周的不安之后

同样的变化发生在我身上

不同的是

我的在右边

"我能看一看吗"

可以

"我能摸一摸吗"

放下撩起的衣服

我拒绝了红

整整一个春天

红都不与我说一句话

直到有一天

我从巷子另一头堵住她

来，我给你摸

"不要"红将脸转向一边

告诉你一个秘密

我的左边也胀了

"是吗"红的小脸转向我

"那我也告诉你一个秘密

我的右边也胀了"

孤　独

越过两座秃山

喝满一肚子假酒

吹下一箩筐牛皮

此刻老马载着他

走在回家的路上

走在寂静峡谷里

雪从月亮落下来

落在老马长长的睫毛上

落进他滚烫的颈项

他哼唱的老调

将雪和月光

推向遥远的天边

他的女人

提着马灯

带着家犬

踩着裹尸布般的大地

一点点找到他

将独享一日的孤独

悉数还给他

王清让

清晨入古寺

最先醒来的
三个和尚
抬水、扫地前
冉冉升起
一面国旗

王小川

穿鞋带

我一个孔一个孔的穿鞋带
像小时候
母亲补我们的衣服穿针引线

我是超生的
家里的年猪被抓走以后
他们又抓走我的母亲

我一个孔一个孔的穿鞋带
像三十三年前
医生给母亲做结扎

鞋带一样的线
死死地勒住母亲的输卵管
以致三十三年后我还感觉到呼吸困难

王小龙

滑雪衫

那晚去学校看你

周三，下雪

去你寄宿的市第三女中

每周中间要去一趟

省得你想家又哭

女孩子们在打雪仗

校园里乱窜

我一叫你就听见了

跑来湿淋淋地钻进汽车

你还很有理地反问

滑雪衫不是不怕雪吗

唉、唉，傻孩子

它是叫滑雪衫

很多事情叫什么

不等于它就是什么

只能开大暖风

至少吹干你的头发

直到现在我还能看见

你浑身冒着白色水汽的样子

快二十年了

眼 罩

第一次坐飞机才知道
世界上还有这个东西
一戴上就是黑夜
我用它来寻找光明
第几次我忘了
反正藏起一个走下舷梯
当时有一点点心虚
好像占了空姐的便宜
戴着戴着就习惯了
没它我还睡不成午觉
习惯了也有麻烦
每次不想看见什么的时候
眼罩就不知哪去了
你让我拿什么寻找光明

便利店

早晨去小区便利店

售货员一边用电脑算钱

一边对同伴说

昨天来了个老伯伯

要 22 元钱的利群

后边跟着个大叔

也要 22 元的利群

一会儿又来了个小哥

还是要 22 元的利群

逗吧

两个小妹笑死了

我也笑死了

手臂上的牙印

哈瑞咬我一口

我叫它好好看看

牙印留在我手臂上

一排红色的弹洞

它万念俱灰地走开

去躲在桌子下边

那时它才一岁

然后就过了七年

每当它捣乱或纠缠

我就伸出手臂

虽然牙印早已褪去

它仍然会万念俱灰地走开

去躲在桌子下边

哈瑞是一条边境牧羊犬

生来与所有动物为敌

威胁自己的"反革命"

都应该扑上去咬死

它唯一顾忌的

大概就是我的手臂

我会记住一些日期

我会伸出手臂

以为某些人物也会万念俱灰

去躲在桌子下边

做人也业余做做算了

那年春天

北岛来上海

我们一起吃晚饭

毅伟和我

在顾城的住处

顾城不喝酒

他提问题

写诗能过得好吗

北岛想了想

说，不能

顾城又问

靠稿费能活下去吗

北岛算了算

说，不能

我们没吭气

因为没办法面对

那清澈的眼睛

无辜的样子

这么白痴的问题

竟让我们无地自容

从那天起

不管练什么

我都很玩票

写诗不过是业余

做人也业余做做算了

就这样

很多年

想起那天的晚饭

真他妈的残忍

忘了是不是四月

王有尾

传教与赶集

腊月二十八

五舅妈从城里

来给卧床许久的

丈母娘传教

她用的是方言

说是太阳教

还是太阳神教

我也没太听明白

老丈人把她轰了出去

嘱咐我跟在后面

不行就开车把她送回去

我一路尾随她

来到村里年前的大集上

她正在买冻带鱼

看见我便问

要不要买几斤

还说村里的带鱼

果然比城里的便宜

烟　民

店里的小伙

一边低头装凳子

一边小声对我说

"我看你这儿不行啊，老板"

我问他怎么了

他说观察我好几天了

抽的烟从芙蓉王

变成黑兰州

今天居然抽起了

延安

是不是最近

资金紧张

周转不开

没命的人

有一年

算卦先生

给王奶奶卜卦

他摊开一个

黄色的布托

里面包着

各种写好的卦

又从随身的布袋里

掏出一个鹦鹉

放在布摊上

哄着它去叼那些卦

那个鹦鹉

怎么也不叼

左哄右哄都不行

算卦先生沉吟片刻

决定不收

王奶奶的算卦钱

一个没命的人

成了村里人

饭后的谈资

一直到她

91 岁

离世

团圆日

眼花的母亲
正把线穿过针眼
有几次
就差那么一点儿

旁边的二姐
夺过母亲的针线
一下就穿了过去

卧床一年的父亲
在床上练习翻身
有几次
就差那么一点儿

旁边的大哥
托住父亲的屁股和肩膀
一把就翻了过去

院子里

外甥、外甥女、侄子、侄女

爬树的爬树

丢沙包的丢沙包

太阳正缓缓地

从一小片云彩里走出来

照亮一院子的人

苇欢

"10" 后

小时候有了压岁钱

母亲都说

我先帮你保管

长大了再给你

我也一直

帮七岁的女儿

存着她的六百元稿费

直到今天

在她的要求下取出现金

其实她也不过就是

捏在手里开心地晃两下

又给了我

但稍后她和我一起

走进日本料理店

腰杆明显硬了不少

带鱼虾的寿司

一口气点了四碟

边点边嘀咕

等会儿我来付钱嘛……

祭李白

在青莲镇

李白衣冠冢

我燃起三炷香

举上眉心

低头祷告

再用力插进

坚韧的泥土

心中浮现的面孔

却是生前最疼爱我的

爷爷

现　象

我把自己的
口语诗
译成英文
投向海外
屡次遭拒

我把以前在海外
成功发表的英文诗
回译成中文
首首都是
抒情体新诗

纸

导弹闪亮的弧线
把叙利亚洁净的夜空
裁成两半
之后

我听见孩子委屈的哭声

来自我女儿

她正要画一张独角兽

我的手却一不小心

把她的画纸

扯烂了

魏晓鸥

抖　音

邻村张姐

用抖音

录下了

母亲的葬礼

后期特效是

灵魂出窍

抖音没有

哀乐的配音

所以她自己

哼了一首

乌城

父亲的手艺

他把快用完的
薄薄的香皂片
和新拿出来的香皂
捏合在一起
捏得严丝合缝
像一个襁褓里的婴儿
被牢牢捆在母亲背后
跟母亲一起下地干活

她的名字

第一年当老师
她在教学评价座谈会上
列出我的三个缺点
讲课有方言
目光不盯着学生
有时拖堂
于是我记住了她的名字

她毕业十年之后

已经是一个三岁孩子的母亲

有一天在公园里见到我

兴奋地问我

老师您还记得我吗

我脱口而出她的名字

她非常高兴

送我一个丑橘

而我并没有告诉她

我为什么记住了她的名字

转眼五年又过去了

再次想起她

我突然意识到

我已经忘记了她的名字

巧合与出入

我放下小说书

去厨房给自己倒杯水

母亲正在客厅看电视

一个和我年纪相仿的男人

因妻子出轨而离婚

却选择自己净身出户

把一切留给前妻

巧的是同样的情节

刚刚在我手中的小说书里发生

不同的是电视里

的男人是因为善良

小说书里的男人

则是因为对一切的茫然和厌倦

无用

归　来

长安归来

回到我的狗窝

狗窝不大

但足以容身

接下来是该

美美地睡一觉了

在梦里

一场大雪

覆盖了

我的狗窝

吴冕

我们西北地区

那天晚上，一个女孩问我
为什么我的睫毛这么长
我告诉她，我们西北地区风沙太大
为了挡风沙
根据达尔文的"进化论"
优胜劣汰，物竞天择
就像骆驼一样
我们进化出了长长的睫毛
后来吃饭的时候
她又问我，为什么吃饭这么快
我告诉她，我们西北地区贫穷落后
吃的都是扶贫的大锅饭
胜者为王，败者饿肚子
所以养成了吃饭快的习惯

我女朋友盯着我戏谑的眼神
竟然全信了

计算题

一家人吃年夜饭

我去厨房数筷子

大舅一家三口

二舅一家三口

我们一家三口

外爷一家两口

减去因心肌梗塞死去的外婆

再减去因肝癌死去的大舅

3 乘 3 加 2 减 1 再减 1

……

等于 9

小心翼翼地数出 18 根筷子

我满怀敬畏之情

又突然觉得数筷子这件事

竟然变得如此神圣

吴涛

文物局局长

墓葬壁画上
那位端着玉壶春瓶的女子
好像站在他面前
追问
局长，你看见吾
端了一千多年的瓶子了吗

他却只能搪塞似的回答
考古报告里
没有

吴雨伦

复　仇

水虿和蝌蚪都生活在池塘

蝌蚪很温顺

水虿很凶猛

水虿经常捕食蝌蚪

蝌蚪只能逆来顺受

后来

水虿长大变成蜻蜓

蝌蚪长大变成青蛙

青蛙顿顿吃蜻蜓

每顿饭前

都想起童年的手足之痛

享受复仇的快感

赠徐志摩

看到徐志摩戴着眼镜的民国老照片

突然有一种强烈的

本能的冲动

我幻想自己是一个英国棒球小伙
肌肉发达、四肢强健
站在康桥的对面
看着大诗人诗性勃发
渐渐地走来

我大喊
"打死这个四眼儿"
几个队员冲了上去
镜片碎了一地
东亚病夫疲态尽显

如果队里有鸡奸狂的话
我不介意他做得更过分
听说英国人都有这癖好
除我之外

我们可以保证
他能带走几片云彩
就在脸上

无　题

四十度的太阳下

一个看上去有些苍老的工人

提着三大桶

康师傅冰红茶

从超市里走出

走向他的工地

一个将近两百米高，正在施工的大楼

表面插满深色的钢管

可以想见

一种别样的生活

当他回到自己两百米之上的岗位时

坐在横空的

滚烫的钢管上

打开瓶盖

而

无意间撒出的康师傅

和汗水交融

晶莹的水珠倾斜而下

迸溅在整座城市的上空

吾桐紫

新时代的婆婆观

同事跟我同龄
生了两个儿子
有一回聊天
我问她
"你会介意
你的儿媳妇
以后
生儿子
还是女儿吗？"
同事答我
"关我屁事
生了又不跟我姓
就是生个球
也不关我的事"

西毒何殇

法国中医

张强浩刚一回来
就跑到我的办公室
兴奋地告诉我
他这次去成都最大的收获
是在锦里遇见了一位
法国中医

嘿，法国中医
哈，法国中医
后来张强浩又说了许多话
我一句也没听进去
那个法国中医
仿佛一只猴子
钻进我身体的树荫里
无论他说什么
都死活不肯下来

医院最好看的女人

唐都医院住院部

十七楼呼吸科

上来的女人

是我今天早晨

遇到的最好看的女人

她说那个叫崔凯的

男医生长得很帅

是护士们的男神

她和闺蜜旁若无人

嬉笑了一阵

才说

"我早就把自己

判了死刑了

今天来医院

就是听他宣判的"

阳光下的新鲜事

挽着父亲在马路上散步
母亲跟在后面
这样的场景
在两年以前
我从未想象过

经过路边的长条凳时
父亲坐下来休息
阳光照在他
化疗后
新长出来的头发上

原本已灰白大半的头
如今竟然一片乌黑
我不由伸出手去摸
这个动作
把我自己都吓了一跳

一切都顺理成章

父亲一动不动

任凭我抚摸着他

柔软光滑的头发

就像一只乖巧的兔子

蜷缩在我手心里

父亲的女同学

带我爸去做针灸

遇到个女人

我厌恶了她二十年

却是头一次见

她是我爸的同学

我高中时

她捕风捉影

到处宣讲我的恋爱故事

她患了胰腺癌

一见到我

就跟我谈笑风生

还鼓动我爸去 K 歌

我瞬间就原谅了她

出门后我心想

人跟人不就是这样吗

可究竟是怎样

我也说不清楚

夏酉

有时觉得自己挺牛逼

在中国边陲的
小山村
巴掌大的
小学校园里
写着口语诗

湘莲子

广州黑人

怪不得
他们都不上
这辆巴士
坐满了黑人
我坐在一个抱孩子的
黑人旁边
像到了非洲
黑孩子冲我笑了笑
突然
用普通话叫我
阿姨

我很感动
但
还是提前
下车了

屠宰场

屠宰场
迁走很多年了
庙也扩建了很多年
公交车站名
还叫
屠宰场

襄晨

墓碑之间

夏至，天空裸露闷热的身体
乡村道路一直绵延在透不过气的白杨树林里

在一个拐弯处，路旁的田地里散立着七八个墓碑
一对头发花白的老夫妻正在其中劳作

他们谁也不说话
和身旁的墓碑一样安静

当我经过一个减速带，扭头看他时
他从地里站了起来，单手解开胸前的扣子

露出衰老瘦弱的胸膛
我看到有什么东西，从他身上掉落下来

他抓了一把
什么也没有抓住

撞　衫

从乡镇中巴车上下来

立刻围过来

一群黑车司机

那个和我撞衫的司机

迅速撤了回去

从他的

同行之间

辛刚

午　后

他推着一车砂浆

进了电梯

我也推了一车

等在电梯门外面

他越上越高

太阳明晃晃的

他的砂浆怕是要

晒熟了

我的砂浆在电梯外的

安全棚下

湿漉漉的

邢昊

谝　蛋

瞎金水五十出头

是个唱襄垣秧歌

的江湖艺人

他在脖沟村卖唱时

认识了连秀花

男人让连秀花

跟着瞎金水卖唱养家

不料日久生情

瞎金水和连秀花

唱着唱着

就睡到一块儿了

男人知道后

拿了把杀猪刀

把瞎金水的

两颗蛋给谝了

瞎金水把这段故事

编成了襄垣秧歌

歌名就叫《谝蛋》

吹唢呐的人把摩托车丢了

这可是他辛辛苦苦

憋肿了腮帮

吹了一年的唢呐

所挣的钱买的

他急得抓耳挠腮

他急得团团转

他急着要去衰疙瘩沟

给人家办丧事

人就死这么一回

他不能不讲信用

他不能耽误起灵的时候

给人家使劲儿吹

可这下他抓瞎了

他呼天喊地

他叫天天不应

叫地地不灵

他急忙跑进派出所

给所长递烟

给所长低三下四

说了八布袋的好话

可所长说了

杀人犯还抓不着呢

抢银行的还抓不着呢

毒贩子、人贩子还抓不着呢

一个小小的偷车贼

让我去哪里给你找

我要请教仁慈的上帝

我的弟媳妇杨建梅

对我年迈的母亲又打又骂

打完了骂完了

她就走三十五里的山路

来赵家岭教堂向您虔诚地忏悔

这样的基督徒

您打算怎么处理

徐电

敲错门了

五点半药店就关门了

打听到道馆旁废弃楼里

有个黄医生在家里卖药

拐进黑漆漆的楼道

敲门　心很慌

门开了　煤油灯使劲发出黄光

水泥桌台上瓶瓶罐罐像古董油画里的

开门的竟是我学生

徐教练好

你住这啊

问完我就后悔了

你弟弟呢

在里面做作业呢

你爸妈呢

上夜班了

啊　我听说有个医生

我慌忙打岔

你说那买药的啊

在隔壁

我帮你去看看

说完她小大人似的扭着屁股去敲门了

徐江

世界杯

我家阳台上
一直静静地
待着一个足球
从我第一次腿受伤
它就那样静静地待着
没对我笑过一次

灵　歌

烈日下
坐车
沿太平洋岸
在本州岛穿行
打开手机上的
音乐播放器
那些已经逝去的
正在逝去的
各个时代的

歌声的幽灵

——飘来

——飘远

我的岁月

你们都在呵

陪我一路

走走停停

倾听

写下

神赐的声音

辫　子

一个人

（无论男女）

被强奸了后

不会这么

叫强奸犯

"战斗民族"

轩辕轼轲

刷屏自信

每个朝代

留在历史上的诗人

都寥寥无几

可并不妨碍

成千上万的诗人

在所处的朝代

乐此不疲地写

在竹简上写

在帛上写

在纸上写

在键盘上写

在手机屏上写

如果这时

从未来

跑来一个人

对他说"你写的

一句也留不下"

他会头也不抬就骂

"去你妈的"

谁说达摩面壁无聊

见我写的一组日常生活诗
一位美国女诗人惊呼
"天哪，过这么无聊的日子"
我只好实言相告
"达摩面壁更无聊"

回　答

他们没有孩子
财产都在各自的银行卡里
她的书少
两个纸箱子
就撤空了他的书架
两个人签协议时
还有说有笑
办理手续的大姐说
"你俩这么般配
不可惜吗？"

一滴泪珠

滚出了她眼眶

他抬手给她擦掉

然后一起回答

"不可惜"

密林中

不让下车

只能透过窗户

看密林中的夜色

月光很亮

清晰地看到动物们

走来走去

"这些动物从不觅食

它们只舔舐

自己的伤口"

"结疤后不会饿吗"

"不会,每隔一段时间

就有饲养员

给它们补一枪"

闫永敏

看着自己成为帮凶

两个同事竞争职称

一个工作出色

一个与我要好

二选一投票

我考虑几分钟

在他俩名字后面

都打了对勾

这样就成了废票

无　题

生病住院的母亲数落女儿

我看你吃得下睡得着

一点儿也不担心我

女儿反驳

我怎么不担心

我这两个月的例假都不正常

5·20 相亲会

晚餐在一家西餐厅举行

每人 148 元

男女各 15 人

年龄最大的 43 岁，女

最小的 24 岁，女

我中途退场

记得宠物是最火热的话题

但如果你说养了宠物

主持人就会问它的性别

还有餐具掉在地上

我从未在餐馆里

听到如此密集的餐具掉落的哗啦声

像是在打架

母亲节看电影

是一部关于母爱的电影

影院安排在儿童厅

墙壁装饰成蓝色的大海

海上有白色的鸟和云

还有一艘船

船上的小外星人在开心地笑

电影开始前

我看看前后左右的观众

一对对的老年夫妻

这是我第一次在电影院

看到如此多的老人

文明礼仪硫磺皂

居委会挨家挨户

开展文明礼仪调查活动

调查问卷看起来有好几页

我伸手去拿

被阻止

居委会的人说

为了不浪费您的时间

我们替您回答问卷

您现在只要签上名字就行

签完后

我得到一份小礼品

塑料包装上写着

硫磺皂

清新爽洁

严小妖

尘埃落定

晨尿

已经有了仪式感

每天清晨

以美丽的姿势起床

以轻柔的动作脱下裤子

缓缓地蹲下

怀着激动的心情

慢慢地

排出茶黄色液体

两条红杠的瞬间

双眼噙泪

如遇神明

小妈妈

妈妈还是

离婚了

我没给她打电话

我一直不打

她肯定就会生气

气极了

她就会打过来骂我

狠狠地骂

痛快地骂

该不该骂的都骂

然后会哭

大声哭

然后又笑

又撒娇

我想这样她估计

会好受点

杨渡

说写就写

晚饭后在湖边散步
同学说
难得来一次
你赶紧赋诗一首

我冷哼一声
你以为写诗这么简单
你说写一首就能写一首
怎么可能

喝醉了

一拍桌子猛地站起
抓起一瓶啤酒高举过头
他晃了晃脑袋
忘了自己是为何生气
笑着向周围受惊的道了个歉
拿开瓶器一撬
接着往嘴里灌

杨宪华

优秀骑手

每天一大早
干美团外卖的父亲
都要穿戴好工装
骑着送外卖的电动车
把儿子准时送进
学校这个
"订餐者"的口中

杨艳

在李白纪念馆

长安诗歌节朗诵会的间隙
我和姜二嫂一起上厕所
路上
她嘴里一直念叨
气死了
气死了
男女不平等
他们男的可以参观
李白上过的厕所
我们女的却不行

偷　听

结束后
我们抱在一起
低声说话
隔壁却传来声音
我们安静下来

在黑暗中听着

直到睡着

早上醒来

他第一句话便问我

他们后来做到什么时候

婚　礼

婚礼上

司仪让新郎给新娘

献结婚誓词时

隔壁婚宴厅的音响

突然串场

那边司仪高亢的声音

响彻这边全场

淹没了新郎的声音

宾客一片哗然

誓词变成了

新郎对新娘的私语

新娘热泪盈眶

我什么都没听清
也热泪盈眶

淘　宝

买了两个柜子

物不美价也不廉

还有破损

有的螺丝连口都没开

安装时磨破了手

火冒三丈找了卖家

他说家里今天收麦子

他还在地里

晚点回复我

我一下子就熄了火

夜里他联系我

我竟然回复

"你今天割麦辛苦了

明天再说吧"

好在第二天心有不甘

找他协商

退了 20 元

作为补偿

没想到

领离婚证时

我和前夫

已经快一年没见

听说他早把工作辞了

就问他

"那这一年

你是怎么过的"

没想到

他的回答是

"和手过呗"

叶臻

河　葬

亲眼看到

朋友母亲的骨灰后

我才知道骨灰

不是粉末状的

而是碎片状的

那天

朋友将他母亲的骨灰

撒入淮河

这些碎片

多数立马沉没

只有少许

在河面漂浮

但随着水流向东

河浪起伏

再加上几尾小鱼的穿梭

它们很快

也沉了下去

新 棉

秋季收棉时

我回老家探亲

表弟请我喝酒

自个喝高后

把我拉到一边

问我可知

他啥时候最快活

我还没答

他就抢答了

他说，哥

我最快活的时候

是从地里摘了新棉

堆在厢房的地上

我和我媳妇

在棉垛上干那活儿

活还没干完

就从棉垛上滚了下来

她哈哈大笑

我也哈哈大笑

笑过之后

就觉得两个赤条条的人

不是人，而是两棵

棉地里野生的桑树

浑身散发着

新棉的气味儿

无　题

咱们淮南

老人去世

前去敬香烧纸的人

都给回送一块香皂

一条白毛巾

两个带寿字的瓷碗

现在，我家吃饭的碗

多数带寿字

洗脸洗澡的毛巾

多数是白毛巾

香皂也多用来洗手洗脸

有时也用来洗衣服

这些东西总也用不完

旧的去了

又有新的

就像死

死不尽似的

邻　居

丈夫去世后

她就一个人生活

一天早上爬山

看到一个人的背影

很像自己的丈夫

这以后

就迷上了爬山

几乎天天去

有时能看到这个背影

有时看不着

看不着

就一个人爬上山顶

看到了
就跟着这个背影
爬上山顶
她对我妻子说
她从不走到
这个人前面
看那张脸

伊沙

这一幕

北方医院

电梯门开

推进一张病床

两个身穿

蓝色工作服

背后印有

"担架组"三个字的

工人和一个

穿便服的白发小老头

一起推进来的

病床上躺着一个

老太太

或者说

躺着"灯枯油尽"

这个成语

其中一个工人说

"大家行方便

先到六楼手术室"

电梯运行中

白发小老头的手

一直在抚

老太太的

前额与白发

我清楚地看到

老太太浑浊的眼中

一只惊恐万状的兔子

顿时变得安详了

像是成精

六楼到

床被三人推了出去

电梯下降

与我同在的妻说

"只有儿子能对妈这样"

我确实想象不出

他们还可能

是别的什么关系

千年雨

我从日本归来

长安大雨如注

一路未用的伞

终于撑开了

从伞下

我一眼瞄见的

乱云飞渡的长安

是一千年前

遣唐使从斗笠下

瞥见的天堂

望远镜里

我已经写过

对面那座楼的那户人家

亲爱的读者

还记得吗

那家有个白色十字架

被我写成家庭小教堂

刚才

我发现里面有动静

举起望远镜

仔细观察了一番

两个娃娃在蹦跶

十字架变成了稻草人

全身打石膏缠纱布的

白色稻草人

求　索

我记得那是在 1999 年

20 世纪最后一年

旅美女诗人马兰

与其美国丈夫

一位耶鲁教授

访问长安

在小雁塔

香雪海茶馆

我们有过一次相聚

教授中国文学时

耶鲁教授的一个观点

让我眼前一亮

心有同感

又思考多年——

他说：“在‘五四’时代

为什么留日这一支作家

是最厉害的？”

今天，我终于来到了日本

带着这个问题

穿行在本州岛的山海之间

让我再想想

让我多想想

而不急于给出答案

在这里

究竟是什么

让他们成为

埋头苦干的人

拼命硬干的人

舍身求法的人

为民请命的人

成为现代中国的国魂

处 境

东京涩谷

有个十字路口

据说是全球

人口密度

最大的一个点

作为中国人

我的兴趣不在于

过街的黑白蚂蚁

而在路边星巴克

二楼窗前

一排白种人

架着长枪短炮

在拍

易巧军

春 雨

昨晚下过雨

地面湿漉漉的

今早下的小点儿

我知道

这是春雨

在春雨中

我要送

一个女人

离开

当我把行李

递给她时

又有两滴

打在手上

易小倩

水

在日本

无论是公共场合的

还是厨房的

甚至卫生间的水

都能直接饮用

这是我作为一个中国人

感到最惊奇的地方

晚上在酒店洗澡的时候

我想起小时候

在农村生活

大人告诫我

井里的生水

喝了会拉肚子

想到这里

我快活得连喝了

两大捧洗澡水

老司机

日本之行的司机

是个七十多岁的

日本老人

每次我上车

他都会笑眯眯地

捏捏我的双下巴

同行的蒋涛告诉我

日本的老头

都是色狼

也许你唤醒了他

某些青春的回忆

不过也没事

你让他捏两下

他心情好了

待会给我们开车

会安全一点儿

怀孕的办公室

办公室三个女同事

一个生了二胎

正在休产假

一个怀孕已经八个月

正准备休产假

最近年近四十的领导

也怀了二胎

唯一的男同事

私下跟我说

以后办公室的工作

就指望咱俩了

我开玩笑说

要是把我累坏了

我也怀孕去

烟贩父亲

20 世纪 90 年代末

我们村

以家家户户生产假烟

而出名

父亲每天在堂屋

翻炒烟丝

往上面喷催黄素

我记忆里最深刻的

不是那呛人的味道

和熏得发黄的墙

而是每次父亲贩烟回来

会从袜子里掏出

浸透了汗渍的钞票

给母亲

并给我和弟弟

带来城里孩子

才能吃到的喜之郎果冻

易志刚

筹　码

被索马里海盗

提前杀死的

一长队

菲律宾船员

越南船员

柬埔寨船员

都是为继续谈判

增添的筹码

最终的目标——

每个白人船员

200 万美元

隐形鸟

年轻的父亲

读初中时

他让一个女同学怀孕了

因为 B 超显示是男孩

双方家长选择了

让他们辍学结婚

当妻子生孩子时

他明明站的妇产室门口

医生还一再呼叫

谁是孩子的父亲

谁是孩子的父亲

墓　园

最便宜的是花坛葬

直接把骨灰撒花坛做肥料

1800 元起

放骨灰楼 8800 元起

树葬 29800 元起

传统葬 49800 元起

我要强调的是
在很多优良传统
被丢弃的今天
这里的
传统是最值钱的

游连斌

假　证

女儿接连两次

打防疫针

过敏

发烧

有人告知他

疫苗不良反应

概率在 1‰左右

他决定再也不给女儿打

问题出在

上幼儿园时

要提供儿童预防接种证

他只好托人

找当地疾控中心主任

将接种缺项√打齐

并加盖公章

做了平生唯一

一次假证

在福利院

在福利院
活动中心的
点赞墙上
粘贴着十几幅
驻院老人的绘画作品
我嘀咕道
"像极了幼儿园
小朋友的涂鸦"
同行的记者应道
"这里的收费
与幼儿园
也差不多贵"

祖　坟

前几年
他哥哥破产
家人请了风水大师

去看祖坟

说墓头上石头掉了一块

预示有子孙作孽

要修

后来他提了个副处

家人又请了风水大师

去看祖坟

说墓头上石头掉了一块

预示有子孙要冒头

不能修

还 工

母亲来宁德没住几天

就赶着回去

说是要趁天没大热

回去还工

父亲前年底去世后

家里的农活

她请邻居帮忙

人家不要工钱

给双倍也不要

但是要还工

去年欠下一天

今年要干两天

还回去

游若昕

葬　礼

中午
在放学路上
我遇见了
一只死老鼠
于是
我和同学
就弄些杂草
盖在老鼠上面
给它举行了
一个小小的
葬礼

下午
我和同学
再次来到
死老鼠的地方
发现
老鼠上面的
杂草已不见

只能看到

密密麻麻的

蚂蚁

在老鼠上

爬着

词 穷

在华侨城洲际酒店的

餐厅吃早饭

我的手肘

不小心

碰到了

一个金发碧眼的

外国小男孩的

肩上

我"啊"的一声

忙说

对不起

小男孩看了我一眼

很是疑惑

我这才想起

他是一个

外国人

可我却

怎么也想不起

"对不起"的英语

怎么说

只好尴尬地

拍了拍

被我碰到的

肩膀

灰溜溜地

离开

追　星

电脑课上

班上同学

都在搜

自己喜欢的偶像

我在搜

我自己

周围的同学

都凑过来

看着我

这时

坐我旁边的

黄丽璇说

她在追

自己

监 控

我们班

装了监控

一开始

很多人

都很不自在

现在

我们一进班级

就会对着

监控敬礼

嘴里说

胡老师好

或

郑老师好

三八线

平昌

冬奥会

开幕式

韩国队和朝鲜队

一起走

他们越过了

他们之间的

"三八线"

于行

没落的皇族

昨晚我翻箱倒柜

找到一本陈旧的族谱

上面说我们这支人

是长沙定王刘发之后

到今天早上

起床拉屎还在想

要不要告诉种地的母亲

做泥水匠的叔伯

修车的堂哥

我们是

没落的皇族

原音

罪　过

车里进来

一只蚊子

就很难请出去

我双手去拍

合十之后

也没拍到

妻子说

你信佛

让我来

强　势

母亲强势一辈子

妻子强势四十年

女儿强势十年

我和儿子

互相安慰

她们生来

就是这样

袁源

推　理

在任何一座建筑内部

打开它的柜子、抽屉

翻看挡板底下

检查暖气片缝隙

空调和墙的连接处

任何一个隐秘的角落

所见之物无一例外

全是垃圾

你就可以断定

此处曾被用作教室

抢

巴西战胜墨西哥

19 号威廉表现神勇

比赛刚结束

巴萨球迷伊沙

发了一条朋友圈

"巴萨快买威廉！"
比巴萨更快的
是我的一位微信好友
第一时间
打出了一条
威廉英语的广告

恐怖片

列车在深夜飞驰
我坐在车窗边
玩手机
只有我自己的影子
倒映在车窗上
也在玩手机
我玩的是小米手机
他玩的是苹果手机

岳上风

童年记事

"赊小鸡唉赊小鸡……"
一开春
挑着担子的卖鸡人
就在乡间吆喝起来
那声音拉得很长
像唱曲

再开春
鸡就下蛋了
他又挑着小鸡来吆喝
并拿出记账本
找上年的赊鸡户

日头要落时
他担走满满两筐
土鸡蛋

认 命

下矿井十几年

他得了尘肺病

并且已到了第三期

回了家靠着老娘

跑断腿流干泪

也讨不来一点儿说法

和补偿

临终记者采访他

他挥挥手

羞涩地笑了

谁都不怨

这是

我的命

云瓦

游　客

温根塔拉草原

有一棵树

在视野所及之处

就那一棵

来时

我们的车队

路过它

车里有人对着它大喊

哈喽

离开时

又路过它

来时喊哈喽的哥们儿

睡着了

没有喊拜拜

那一年，父亲还没病倒

父亲要去赶集

郭婶问

能不能带上她

父亲便把手

放在自行车的后座上

使劲向下压了几下

他强健的身体

像弹簧一样

也随之上下

弹了几下

仿佛是说来吧

你看我自行车轮胎的气

多足

Z

Z

张侗

理所当然

记不清从第几次开始
她趁他洗澡
打开他的钱夹
从里面抽出一张人民币
她从不多抽
他曾经看见过一次
可他还是退回卫生间
故意磨蹭
他们好上几年了
他从没提过少钱的事
她也从没提过拿钱的事
在心里
他们都忌讳偷这个字

纯净水

女同事丁媛小声问
你们怀孕也会做春梦吗

冯梅说和前男友吗

丁媛双手放在

隆起的肚子上

像在取暖

已 50 多岁的石春静

插话说还是年轻人

到我这个年龄

做的梦像过滤多次的

纯净水

张甫秋

夏

路过的草坪

被割剪开来

它们长得真好

好到永远不会愁

下一茬在哪

张进步

画　面

停车场墙上
画着一挂香蕉
是简笔画
大概长这样

豕

张明宇

从　前

一对老人

有两个儿子

关系极差

抓阄决定

大儿养爸

二儿养妈

两位老人

在他们不在家时

偷偷溜出去

匆匆见一面

好像回到

被父母严加管教的

初恋时光

父与母

母亲睡不着

每晚都得服上

两粒安眠药

才能昏昏沉沉

睡一小觉

后来安眠药

失效了

我给她买来

帮助睡眠的按摩仪

她戴上

能睡两三个小时

后来也不管用了

如今

父亲行动不便

母亲帮他解决

吃喝拉撒

一天累得够呛

晚上头一挨枕头

就睡过去了

母亲也终于找到了

她的药

一件大事

1993 年

我还在上初中

爸妈拿出

当时可不是

一笔小数目的

500 元钱

给我买了一份

农村社保

说

你六十岁以后

每月可领 600 元

后来好几次

他们提及此事

脸上都是一副

办了大事的神情

前两年

父亲病重期间

将一个红皮小本交给我

让我好好保管

父亲去世后

我看到上面

有一个错别字

怕 60 岁领钱时

出现麻烦

便去相关部门咨询

才发现

国家已经取消了

此项社保

只能退保

拿着一沓纸币

我异常愤怒

打死营业员

她也不会明白

这根本就不是

养老的事

张恩恺

无　题

月光洒在小路上
我问妈妈
为什么会有我

张小白

于小月

在我买的

西方哲学史

的旧书扉页上

写着一个叫

于小月

的名字

她在读过的每一页都标出重点

偶尔留下潦草的字迹

有一天

她在第 83 页

写下一个叫

高鹏

的名字后

就再也没有了她的消息

张小云

伊豆国的修善寺

在古寺前拍完合照
往停车场走
经过每一根乡村电线杆
都能看到在一人高的位置
包着一块蓝色的
由伊豆市政部门张贴的
警示牌。上面写道
"避难场所
往
修缮寺小学"

过静冈县

一边是富士山
一边是太平洋
在青山绿水的村舍稻田中穿行
想到了太平洋那头的家乡
虽然水量不一样多

却都流进同一个大洋

静冈是六山三水一分田

家乡是八山一水一分田

相似的山水看得我如梦如幻

暂时忘掉老家那一分田里

早已建得密密麻麻的

厂房楼宇和烟囱

张螺螺

哈尔滨的老故事

从德国到俄国

到这座市中心的二层洋楼

是贵族犹太小姐的家

某日

被几十个陌生人

征做了办公室

她可以使用二楼角落的卧室

一起公用卫生间

终身未婚的犹太小姐

七十几岁穿着

拖尾的黑色天鹅绒睡袍

在楼道里用俄语大骂

弄脏卫生间的人

她找人把钢琴搬上二楼

每逢周末

她的同胞来访

值班人员开门

他们会在二楼的角落

开音乐会

再后来

他们带来一副窄小的薄棺

用白布把她卷起

带走了

没人知道她的名字

这是 30 年前

发生在

这个办公楼里的事

赵立宏

老工兵

看望和父亲生前

是朋友的一位老干部

他写古体诗词

练毛体字

我送给他一本自印诗集

他翻了翻说

新诗嘛

我不懂

尤其是什么口语诗

但他很快像工兵挖地雷一样

指出其中的

一二三四五首诗

思想立场有问题

评　奖

中国作家协会会员

诗刊社青春诗会代表

本地最优秀的抒情诗人王太文

在参加山西某届

赵树理文学奖评奖时

评委会负责人

在评委们终评投票前

宣读了一封匿名举报信

其中有一条是

诗人王太文不爱国

这背后致命的一刀捅的

自然是没得上奖

王太文为此

多次和我举一事例

说他是爱国的

1998 年 5 月 8 日下午

当他得知中国驻南斯拉夫大使馆

遭到美军轰炸的消息后

当场就蹲在大街上

失声痛哭起来

拒绝隐喻

两年前

一次下乡

我从田间折了一株谷穗

没有舍得扔

就放在办公室的

文件柜上

来我这里拜访的很多客人

看到这株谷穗后

都会问

办公室放这个

有什么意思和讲究吗

我说啥意思也没有

就是一谷穗

打　鸣

星期天早上七点多

路过还没有开门的

建刚活禽店

里面有只

昨天没有卖掉的

公鸡在打鸣

现场说法

大姨子单位的同事

带上小学的儿子去洗澡

刚进浴区

他不放过任何一个

可以现场说法的机会

指着搓澡工

对儿子说

不好好学习

将来和他一样给别人搓澡

儿子听了跑过去就问

叔叔你一个月挣多少钱

搓澡的说五千多元吧

儿子扭头就喊

比你挣得多

周芳如

我希望这头猪永远不要进城

在乡间小路
一头满身污泥的白猪
从我们身边悠闲地经过
我们拿起手机
拍照，录视频
哈哈大笑

猪哼哼唧唧地继续走
没抬头理我们
它一定是鄙视我们
可怜的城里人
天天吃猪肉
没见过猪跑

单亲妈妈对儿子的性教育

我们正在吃晚饭
一辆男科医院的宣传车开着喇叭

从楼下经过

我问他：你的包皮过长吗
他头都没抬：正常得很
继续咬卤水鸭翅

记得在他十一岁的时候
这个问题我也问过他
他说不知道怎么样才是过长

其实
直到今天
我也不知道怎么样才是过长

有味道的水果

她住在深圳的握手楼出租屋里
对面楼的房间又换人了
他大前天在她的阳台上放了一个苹果
前天放了几个李子

昨天放了一块西瓜

今天放了两个猕猴桃

他第一次放的时候写了一张纸条：没毒，放心吃

后面没有纸条

她吃着水果突然就笑了

因为电视里正播着水果味避孕套的广告

周洪勇

变迁史

水上威尼斯
之前，是游泳池
游泳池之前，是鱼塘
鱼塘之前，是砖窑厂
砖窑厂之前，是农田
冬种小麦，夏种水稻

周晋凯

一头幸运的驴

在北京海淀

我看见一头驴

在高楼与高楼之间

待建的一片工地上

安静地站着

随时准备

拉起旁边的一车砖头

运到某个地方

在现代化了的今天

这头驴竟然没有失业

竟然从事着一项

古老的职业

还是在北京

在多少人仰望的首都

我真羡慕它

这一头幸运的驴

周鸣

零　食

我贫苦的童年

是在大山里度过的

每年清明节

我都会在祖墓前

采摘映山红

那是祖先在春天

隔着黄土

送给我的

最甜美的零食

断　指

妻子左手的中指

是断了一截的

这并不影响她

平时在外干活

或做家务什么的

只是当我们夫妻俩

偶尔十指相扣时

确实缺了一点点

事实的爱意

周瑟瑟

橘子为何如此甜蜜

我回到家乡

发现家家种橘

门前屋后果树飘香

一个老人走出来迎接我

我以为他是陶渊明

他是姚村长

他让我摘树上的橘子

他说他家的橘子最甜

我从枝丫上

摘下一个橘子

是很甜哦

橘子为何如此甜蜜

姚村长告诉我

他的秘密

他去年就把白糖

埋在树根上

我恍然大悟

惊讶地望着

家乡的陶渊明

朱剑

血吸虫病

1960 年
我外公
39 岁
挺着一个将军肚
饿死了

忽起一问，勿对号入座

你怎么可能
会是一个
好诗人
你能有多好
你的第一本诗集
都不是
自费出版的

也是人民

记者问露宿冬夜街头的流浪汉
你们为啥不去救助站
一个豁牙男笑嘻嘻回答
"我都去过好几百回了"
另一女子边走边用手挡着脸
"有啥去的，去了就没瓶子捡了"

算　法

今年儿子出生后
不止一人替我算过
他上大学时
我已满 60 岁

母亲的算法最惊人
要是你崽和你一样
也 40 岁结婚
那时你都 80 多岁了

看你还怎么给他带孩子

我安慰她说放心吧
到时我也成老小孩了
正好可以一起玩耍
还有一句我没敢说出口
要不我就在天上保佑他们

老渔民

父亲人在陕西
给我带孩子
但依旧心系老家
洞庭湖的渔业状况
从夏天开始
每次和他的老伙计
通电话
都会问
湖里涨水了吗
有鱼打了吗

得到的回答

都是否定的

转眼已是初秋

他仍在问

依目前状况

他想国庆回去一趟

带一些干鱼

到西安的愿望

恐怕要落空了

这天他放下电话

我问他

以后要都这样

水不来

没鱼打

怎么办呢

他回答说

那就只能

在家里打牌了

庄生

桃花源记

让一个三年级女生
抄写《桃花源记》
她说
这个故事很恐怖
最后有人去找
没有找到
她上百度查
为什么
会这样

百度上
有人说
全村的人
都死光光了

此　岸

每当有人骂我

乌龟王八蛋

我也不会懊恼

我想到了

老祖宗庄子

他就喜欢

当乌龟王八蛋

快活在泥塘里

而不上岸

那年暑假

大二暑假

到深圳亲戚家打工

跑胶袋的业务

我的工作

就是走遍亲戚

指定的区域

所有街道的店铺

问他们要不要

做胶袋

一个胶袋几分钱

我背着公文包

包里塞着迷你电子秤

在毒太阳下

走遍了深圳大街小巷

有一次

在一家内衣店门口

我徘徊了好久

才硬着头皮

走进店里

那些买内衣的女子

纷纷抬起头

盯着我

使我现在回忆起来

还脸红耳赤

邹雪峰

磨刀记

每逢周末

一个磨刀师傅

就会来小区里磨刀

从早磨到晚

一把把刀

又找回了它的锋利

来磨刀的

多数是家家户户的女人

常能看到

女人们提着一把

磨得锃亮的刀回家

即使走在春风里

样子还是有点儿狠

左右

精神享受

父亲说

既然你听不见

掏耳朵多此一举

我接受了他的歉意

外卖小哥

顶着四十度高温

晚了半小时

才将我的午餐

送达

我点的凉面

变魔术似的

变成了热面

吃完后

我给店家五星好评

理论部分

伊沙

"口语诗"论语

在外国文学史上，似乎从未有过以"口语"来命名诗歌的先例，人家见惯不惊，诗歌的"口语化"是个渐变的过程（原本就不是极端的书面语）。我们则不同，完全是突变，是长久一成不变后的突然变化，一下子"白话"了，一下子"口语"了，既惊着了自己，也成为世人眼中一个强大的特征，不以此作为命名连自己都觉得不对。

"口语诗"自 20 世纪 80 年代初出现，这个集体命名一直强大的存在着，不管你诗歌理论界认不认，大家在口头始终这么叫着，譬如在"盘峰论争"后，与自称为"知识分子写作"一方对立的另一方已经被舆论冠名为"民间写作"了，诗人们在私下里谈论此事件时还是更习惯于把他们称作口语诗人（反倒更符合实际）。所以说，"口语诗"之命名是高度本土化的，它只属于甫一诞生便书面过度的中文。

在口语诗三十来年的历史中，20 世纪 80 年代属于"发轫期"；20 世纪 90 年代属于"发展期"；21 世纪属于"繁荣期"——是"两报大展"展示了它的"发轫";是理论界的"后现代热"刺激了它的"发展";是互联网的普及带来了它的"繁荣"。我们所说的"前口语",指的是其"发轫期";我们所说的"后口语",指的是它的"发展期"和"繁荣期",在诗学的构建上,前者是自发的,后者是自觉的。

君不见,在中国古典诗歌史上,所有繁盛期,都趋向于"口",《诗经》如此,唐诗宋词皆如此;所有衰落期,都依赖于"典"其实是"书"。黄遵宪喊出"我手写我口",是在长久衰落后的一声呐喊。

进入现代,胡适最早"尝试"了"白话诗",郭沫若"涅槃"了"自由体",都是在向"口"的方向上所做出的努力……尤其是真正的口语诗诞生的这三十多年来,各个阶段的前卫与先锋:从"第三代"到"后现代",从"身体写作"到"下半身",从"民间写作"到"诗江湖",到目前如火如荼的《新世纪诗典》,无一不是以"口语"为主体,以口语诗人为生力军。

在过去三十余年间,口语是先锋诗歌的先决条件与必要因素,这既符合世界诗歌发展的潮流,在中文内部又有自我改造的必要性与紧迫性。事实上,正是抵达了以后现代主义为文化背景的口语诗,中国诗人才在长期落伍之后追赶上了世界诗歌发展的潮流。

在一些国际诗歌节上,老诗人朗诵的一般都是意象诗,中青年诗人朗诵的一般都是口语诗,女诗人朗诵的一般都是抒情诗……对这一幕,观众习以为常,见惯不惊,受惊的一定是某个少见多怪的中国诗人,他回国后对这一幕一定闭口不提,就当没看见或者压根儿就没听出来。

就像将近一百年前的白话文运动一样,口语诗也是一次深刻的革命，但它不会像前者那般得到教育部强制推行的有力支持，反而还会受到以传统为背景的主流文学话语的放逐以及无知大众的百般嘲弄，于是它先锋的姿态便被注定了，成为永恒的宿命。

不但要受到无知大众的嘲弄，口语诗人还要承受同行带有莫名其妙的优越感的轻蔑：好像口语写作天生低人一等，是没文化的表现。在中国诗坛上，所有对于"写作无难度"的指责，百分之百都是冲着口语诗去的——这样的指责何其外行，我们就难度论难度：口语诗其实是最难的，抒情诗、意象诗说到底都有通用技巧甚至于公式，唯独口语诗没有，需要诗人靠感觉把握其成色与分寸，比方说，押韵是个死东西，而语感则是活的。

有什么好优越的呢？反过来看，非口语是何种语言？是没有发生现场的语言，是他人已经形成文字的语言——不抵达语言源头的写作，才真的是等而下之，从理论上便低人一等。

口语诗并不等于在语言层面的单一口语化——也就是说："口语化"并不等于口语诗。从诗人的角度来说，口语诗等于一种全新的诗歌思维：是一种摆脱公式的"有话要说"的原始思维——诗人的思维，将创造出诗歌的结构，如果说"前口语"还只是一些想说的话，那么"后口语"便有了更加明显的结构，通常是由一些事件的片段构成，所以，口语诗人写起诗来"事儿事儿的"，"很事儿逼"——在我看来这不是讽刺和调侃，而是说出其"事实的诗意"的最大特征。

你还可以继续从对口语诗的攻击之词中找到口语诗的成就，譬如"日记"——在此之前，中国现代诗连"日常"都未抵达，现如今已经现场到"日记"了；譬如"段子"——在此之前，中国人写诗一点儿幽默感都没有，现在已经有了极具中国特色的幽默；譬如"口水"——口语是舌尖上的母语，语言带有舌尖湿润的体温不是更具有生命的征候吗？

至于有人别有用心地用"口水诗"来指代口语诗，更是一种无知透顶的蠢行，"口水"可不是口语诗的专利，抒情诗、意象诗甚至古体诗写"水"了，都是"口水诗"，你们有豁免权吗？谁给的？

有人说口语诗门槛太低——此说不值一驳，他其实说的是口语门槛太低。

是口语诗最终解决了现实主义（实则"伪现实主义"）诗歌从未解决的如何表现当下现实的问题，如果没有口语诗的发生与发展，中国大变革时代如此错综复杂的强大现实将在诗歌中无从表现，诗歌将在当代文学中失去发言权。

请注意：口语诗人只说"叙述"而不说"叙事"，因为"叙述"是口语诗的天生丽质，"叙事"是抒情诗人在抒情诗走到穷途末路后的紧急输血。在一首口语诗中，"叙述"不是工具，它可以精彩自呈。

口语诗鲜明的"及物性"并不在于所叙之事，而在于它对叙述效果的讲究与追求，即它所表现的事物一定要有来自现实的可以触摸的质感，哪怕是在一首超现实的诗中。

有了口语诗，中国诗歌的当代性才落到体例，中国诗歌的现代性才得以真正的确立。

口语诗的语言是高像素的。

几乎所有人在提及"汉语"二字时，其旨趣都指向了古汉语，指向了故纸堆，其实口语才是不断生长的活汉语，口语诗是最有生命力的现代汉诗。

没有口语诗，中国现代诗谈不起"中国质感"，甚至不属于严肃文学而更像一些浅格言。

口语诗是天然的"本土诗歌"（我们努力追求的），意象诗更像通行的"世界诗歌"（假设它是存在的）。

有一个耐人寻味的现象：最憎恨口语诗的并非抒情诗人、意象诗人（如前所述：他们只是保持着一种莫名其妙的优越感罢了），而是"前口语"诗人，是口语诗自发阶段的诗人。为什么呢？

"前口语"诗人喜欢说：我不是口语诗人，而是汉语诗人——好大喜功的表面下深藏着他们的非自觉。

如今，口语诗已经带动了抒情诗、意象诗的口语化——但奇怪的是：很乐于"口语化"的人又来反对口语诗，再次证明了："口语化"不等于口语诗。

想从局部拿走口语诗的好（还想从整体上否定它），都会遭到可耻的失败，任何艺术形式最不接纳的是"中间派"，缪斯之神也一样。

多年来，我在面对文学的创作与研究中，对"自觉"与"自发"的一字之差异体会日深，后者不是前者的初级阶段，而是其对立面。

把口语诗投向文化是失败的，变成了口语化的"知识分子写作"，比"知识分子写作"更不伦不类。

用口语诗制造语言神话是失败的，说得再神乎其神也不过是在语言的单一层面。

在口语诗中大耍文艺范儿是失败的，任何范儿不过都是装腔作势。

把口语诗贴上脏乱差的标签，还没写就败掉了。

口语诗唯一正确的方向是人：从舌头到身体到生命到人性到心灵到灵魂。其他皆为旁门左道。

好的口语诗对作者是有要求的——要求作者首先要"活明白"，其次要"写明白"。

好的口语诗对诗人是有要求的：你得"懂事儿"，不能不谙世事，不懂人之常情；你得生命力旺盛，蔫头耷脑不行，还得"好玩"（至少内心里），你不能是个空有情怀的"赤子"（这种人适合抒情诗），也不能是个按图索骥制造僵死文本的书呆子。

从外表上看，口语诗人更像凡俗之人，在无知大众眼中不像诗人——大众眼中的诗人，要么像戏子，要么像疯子，全都是骗子。

口语像流水，词语像结石。

用"语感"来说口语诗太不口语了，请用"口气"。

有人担心口语诗会写成千人一面——这纯属不走脑子想当然耳，恰恰相反，即便是双胞胎，音质与口气也是不同的。

真实而自然，是口语诗的基本方向和最高境界。

炫技，在口语诗的写作中往往会被放大，显得特别扎眼，在口语诗中，可以肯定的是：炫技＝败笔。

这也是一种可以将作者的杂念放大的写作，你任何不纯的杂念，都会留下脚印，这是一片白茫茫的雪原。

歧视、谩骂、攻击口语诗的人起初是因其无知、保守、落后，现在是出于害怕、心虚、嫉妒。

非口语，有言无语，有文无心。

不接受口语诗者，无法真正过现代诗这一关。

在口语诗写作中，三天打鱼两天晒网的薄产者很难写好，因其实践太少而把话说不溜，反复推敲不断打磨有可能适得其反。

要走官方路线就不选择口语诗——在中国，这是诗坛混子们最懂的常识，这真耐人寻味，这是诗内问题、诗学问题。

从口语诗人变成杂语诗人——往往是登堂入室的惯常诗路调整，就像唱摇滚的转而唱美声。

口语诗的趣味关乎人生、人性、人味。

口语诗似乎生来排斥文人趣味，格格不入。

在有的口语诗中，粗俗是一种可贵的美，有人永不懂得。

在口语诗中，聪明是一种美，老实也是一种美。

在阅读时读不出作者个人口气的口语诗，一定不是上乘之作。

在中国，写口语诗的女诗人为何寥寥无几？囿于观念，生命打不开。

言说的姿态也能体现口语诗的风采。

也许最理想的口语诗，是带有口音的方言诗，但必须是有效的方言，你的读者大多是操普通话的。

口语诗如果缺乏鲜活可靠的个人经验，就等于放弃了它的先进性。

在今天，一首好的口语诗，一定内含丰富的先进性。

也许，在口语诗人之外还有其他现代诗人，但有一点可以肯定：反对口语诗的人，一定是现代诗的敌人。

口语诗应当直面人生——自己的而不仅仅是他人或人类的。

口语诗人就是这样的：不耍小聪明，不靠想象力，貌似比较笨，但从生活中抓取来的具体、鲜活、充满细节的原材料，却能一击制敌。

切忌把口语诗坐实，过于追求"手拿把攥"的写作状态，反倒是有违口语诗之自由精神的。

口语诗人最可贵最高级的一点，他们写精神性的东西，绝不写成宣言或哲理，绝不空写，他们一定会触及一些看得见摸得着的现象与事实，靠形象说话……由是观之，口语诗已经建立起了一套完整的诗学体系。

什么是好的口语诗？它会让你觉得在它所使用的口语之外，找不到其他语言。

在口语中携带意象，在外语诗歌中早不是问题，在中文现代诗中也越来越成为常态。

最优秀的口语诗人，一定是骨子里的平民主义者，满脑子精英意识是玩不转口语诗的。没有平民主义，就没有口语诗。

带有后现代文化背景的诗感极好的纯口语诗人——我视这样的诗人为来自我之谱系的亲人。

优秀的口语诗人，一般都是面对生活的"拿来主义"高手，他们比抒情诗人、意象诗人更懂得：生活比作者聪明；更懂得：客体与主体平等。所以说，口语诗哪里仅是口语化？学问多着呢。

有些人无法用口语写作的根本原因是其诗尚未进城，在西方，口语诗是一种咖啡馆文化，这三十年来，一些优秀的中国口语诗人拓展了它，将其延伸到城乡接合部，甚至写到了农村，但立足点一定是在城里的。

口语化的抒情诗与抒情性的口语诗，是两种诗型，区别何在？前者之结构与传统抒情诗并无区别，只在语言层面变得口语化一点；而后者则完全是口语思维，只因为题材之故而在语言上取抒情的口吻。

口语诗必须回到个体，这就是为什么它是登高一呼的代言写作的天敌。

没有口语诗，我们在诗中所表现的所有情绪都是抽象的、雷同的。

什么是原创性？本土经验＋中文口语＝原创性！什么是中文口语？中国人舌尖上带着体温的活性母语！

无知大众不屑于口语诗是一句话或几句话分了行，他们觉得诗不能是"人话"般地说而应是"雅词"的堆砌，骨子里是一种对传统文化的盲目崇拜，殊不知，就是这么分了行的一句或几句话，可是需要多少文化、智慧、生命活力、艺术直觉、语言敏感在里头，把这些汉字摆舒服了——多不容易！

几年前，一位并不欣赏口语诗的学院批评家听我讲完口语诗的一些道道，貌似理解了，有些激动地说："你们自己把它写下来呀，写成理论，不理解的人就好理解了。"——我当时暗想：那要你们这些批评家干吗？我们要这样的理解干吗？我偏不写！

现在,我终于还是写了,得《口语诗——事实的诗意》编选的契机,是仅此一篇呢,还是后有续论？我也不知道,我不想说死。最后一句话是对口语诗人或坚定的追随者说的：读完本篇扔掉它,不要把它当作信条,世界上没有任何一种理论可以指导写作,中文口语诗更是如此。只是,当你在自己的写作实践中重新体会到这些经验时,你想起那个滔滔不绝的家伙不是胡说……那才是我希望看到的。

2014 年 7 月 15 日—10 月 12 日

伊沙

我说"口语诗"

"口语诗"这个概念在汉语诗歌的语境中头一次富于尊严感和挑战性的被提出来，是在 20 世纪 80 年代，在风起云涌的"第三代"诗歌运动中。此前，外在勉强具备这一征候（内在追求也许南辕北辙）的作品，要么被当作"百花齐放"的最后一朵，要么倍受歧视地被当作"历史个案"来对待，因此我从来都拒绝用所谓"白话诗""民歌体"或上溯王梵志的方式来搅这个严肃的局。"口语诗"是一个现代概念，是现代诗的一大分支，并非有史以来所有具有口语倾向或口语化诗歌的大杂烩。

"口语诗"这一概念诞生的背景正是"第三代"主体诗人所带来的第一次口语诗浪潮，它由 1982—1985 年诗人们的地下写作实践（我视上海诗人王小龙写于 1982 年的《纪念》为口语诗的开山之作），通过 1986 年"两报大展"以及在此前后主流媒体对其做出的"生活流"误读而给予的肯定从而占得舆论的上风，它的新鲜感赢得了业内同行的追逐效仿，它的可读性赢得了一般读者的喜欢，1986—1988 是口语诗写作迅速升温终至泛滥的两年，是口语诗的第一次热潮。

1989 年是个拐点。历史的大事件与诗史的小事件终结了自 1978 年《今天》创办以来的现代主义诗歌运动。原本处于热潮中的口语诗一夜失语，让位给借死亡事件而甚嚣尘上的海子式的浪漫主义和古典主义，现代汉诗的发展出现了诗学上的倒退。广西民刊《自行车》上一幅"不许倒退"的画代表着当时有识之士的心愿。

整个 20 世纪 90 年代，"第三代"中幸存的以及新起的口语诗人借理论界盛行的"后现代热"来与"死亡崇拜""历史崇拜"所带来的"知识分子写作"做舆论上的抗衡与对峙，用文本上的不断创新来完成从现代主义到后现代主义的演进（而非倒退回浪漫主义和古典主义），1999 年爆发的"盘峰论争"正是这两大潮流十年对峙所积压的矛盾外化的典型表现。此后，以口语诗人为实体的"民间写作"再度占得舆论的上风，口语诗的风格特点和口语诗人的存在方式也十分自然地与 21 世纪到来后的"网络时代"相交，由此带来了口语诗写作的第二次热潮，这个热潮至今方兴未艾——如果不是这样，它不会成为一大热门话题。

据说，"第三代"是 80 年代在对"朦胧诗"的反动中来确立自己的，可是韩东在当年就曾呼唤"朴素"和"第一次抒情"；据说，"后现代"是在 90 年代对"前现代"的解构中来确立自己的，可是我在当年就曾强调"要说人话"——如此表述我是试图打破人们一谈及口语诗时那种不走脑子的"后置"思维，似乎永远是先有什么然后我们针对什么才做了什么。今天我们所谈论的现代诗范畴内的口语诗从来就不是一种写作的策略，而是抱负、是精神、是文化、是身体、是灵魂和一条深入人性的宽广之路，是最富奥秘与生机的语言，是前进中的诗歌本身，是不断挑战自身的创造。迄今近 30 年来，现代汉诗中的口语诗走过了自发轫到成熟的过程：前期带有欧化译体特征的拿腔拿调的叙述已经走入后期脱口而出、气血迸发的爽利表达；前期以文化观念来解构文化观念的笨拙而机械的解说已经走向后期置身于生活与生命原生现场的自由自在；前期的日常主义已经走入后期的高峰体验；前期语境封闭中的软语和谐已经走向后期大开大阖的金属混响——汉语诗歌也由此获得了一个强健的"胃"，由"口语"的材料铸成的一个新器官，它的消化功能开始变得如此强劲：一条由语言的原声现场出发，增强个体的"母语"意识，通过激活"母语"的方式而将民族记忆中的光荣传统拉入到现代语境之中，从而全面复兴汉诗的道路——已经不是说说而已的事，它已在某些诗人的脚下清晰地延伸向前——这是一条诗歌发展的康庄大道，它由所谓口语诗人踏出出自艺术规律的必然。

我曾发问过：既然我们口语诗老被"另"出来拎出来谈，那么"非口语"又是什么形态的语言？书面语吗？书面语难道不是非原创的现成语言吗？如果是这样的话，如果一个人的写作是无视并且回避语言的原声现场，他（她）在语言上的趣味不是关心泉眼何在而是拧开自来水管，我起码可以说这是一种抱负低下的写作吧。理论上辩不清的反对派通常会拎出几个门都没摸着的文学青年的浅陋习作来作为对口语诗的攻击，此种方式堪称下流，全然无效。

从浪漫主义抒情诗到现代主义意象诗再到后现代主义口语诗，西方人走过了几百年的路，台湾地区从 20 世纪 50 年代开始走后两个步骤，大陆从 20 世纪 70 年代才开始走，因为是在赶，用几十年时间走人家几百年的路，所以你会在一个时间段看到这几种诗型并存的"奇观"，这就是我们的现实。从国际上来说，我感觉现代主义意象诗与后现代主义口语诗还是并行存在的，只是写意象诗的一般都是老诗人，写口语诗的一般都是中年以下的诗人，当然还有二者杂糅的风格。浪漫主义抒情诗几乎已经绝迹，我想大家都会觉得：它很老土、已过时，这没什么可论证的。但让我感到奇怪的是：已经死亡的抒情诗，没有人骂，还常常被当作苛责其他形式的标准；濒临死亡的意象诗再难懂也没有人骂，还常常以有技术有难度自居，唯有口语诗，天天有人骂，时不时便抓住某个不入流的人物恶搞一下，但它却越活越旺，有着极强的生命力，成为世界潮流。或许是老被批评，口语诗人便很注重口语诗的完善与发展，拿我个人来说，21 世纪这十几来年的写作，在坚持口语大风格的同时，很注意吸纳并再造意象诗的技巧和跳跃性，这在我自《唐》已降的作品中，是不难看出的。我在编评《新世纪诗典》时发现：诸多漂亮的意象出自口语诗人之手，这是耐人寻味和引人深思的。

唐欣

诗歌就是挑战
——诗人伊沙简论

　　鲁迅曾批评过"无声的中国"，可是今天中国的情况是，人人都想发言，都在发言，人人都有满腹的话要说。当然，喧嚣的最终结果仍是"无声"。的确，在这个复杂纷繁的时代和社会，人们面临着认知的困惑，以及与之相连的表达的困境。汉语在寻找它的声音，它也在向诗人们索要。理论上说，每个诗人、每首诗都以一种最可能的方式在发现并展示某种"诗意"，但毋庸置疑的是，并不是每个诗人和每首诗都能够做到"发现"，更别说展示得充分、有效和完满了。同样，正如特里林指出的，"真诚"，这个经常是不乏真诚地自诩的态度或愿望，也不能保证你就一定能够达到"真实"。比如说，回头清点，我们承认，似乎还是波德莱尔，更深刻地表现了19世纪下半叶的法国。我们同意，好像是杜甫而不是别的什么人，更好地呈现了盛极而衰的唐朝。艺术的法则是残酷的，这儿没有什么民主可言。诗歌从来都是，以后也将永远是伟大和艰难的艺术。所以，我们必须学会省略和漠视"群氓"，要穿越大气层，直接往"远处"看，往"高处"看。

无可争议，作为现在中国诗歌上最重要的诗人之一，伊沙的标志就是其作品的丰富的"生发性"，他也一直是当代诗歌灵感的一个源泉。他的极端探索，对很多他的同时代诗人，是基本的参照系；对相当多的一批青年诗人，则具有引领和示范的作用；而对另一些不喜欢、不赞成他的诗人而言，他也经常会给他们以反向的刺激。但于他自己，只不过在按照自己的目标和惯性在"劳作"，在完成"天命"。

如果说，在20世纪伊沙主要是一个叛逆的诗人，是一个"破坏者"，他致力于（也成功地）挑战并颠覆原有的美学秩序，那么，在21世纪他更像是一个"建设者"，他开辟并创造了一种崭新的诗歌理想、诗歌精神和诗歌方式。我们知道，在现代艺术里，一个最重要的要求和尺度就是"创意性"，即在观念上、在方法上，作品能在多大程度上动摇并改变原有的思维习惯、眼光和实现方式，而提供新的、创造性的替代模式。伊沙正是在这方面贡献良多。

在写作中，也和其他事情一样，有意无意、或多或少，人们总有很多顾忌或禁忌，可能是美学观念的限制，也可能有技术上的障碍，也许还与胆略和情怀有关，总之，大多数人很难甚或无法抵达"真实"。所以，他们多半也就没有获得自由。在这个意义上，文学，我是说最好的文学，因此总是一种拯救和解放。在中国诗歌里，甚至，往大里说，在中国语境里，伊沙是个少有的例外。不知道是什么原因，他有一种罕见的坦然，也由此独自突进到人迹罕至的荒野地带，我只能归结为天性和气质。简单说来，诗歌就是挑战，先锋诗人无非是勘测和发掘了新的题材领域，或者是在既定的题材范围里开发出新的宝藏，或者是创制了更有效、更有力的方法和形式。可以说，在这几方面，伊沙都有突出的贡献。追溯他的历程，这个特点是一以贯之的，就是永远从坚硬的、活生生的事实出发，永远向读者提供令人信服的同时又是震撼人心的真实，不仅是细节、现场的真实，也是想象的真实、心灵的真实，更是灵魂的真实。

限于篇幅，我只能大略地、挂一漏万地点数和浏览一下他的作品。长诗似乎是最近十多年来的崭新现象，它考验着诗人的创意和构思、结构与控制等综合实力，一时间风云际会。在长诗方面，伊沙是一位先行者，从很多方向进行了实验和探索。其中，《天花乱坠》散点透视，四面开花，妙谛取诸世相人心，确实是天花乱坠，落英缤纷。在《燥》里面，**"五脏六腑的梦乐队 / 有着重金属的灵魂"**。他以一种摇滚音乐的激越节奏，展示了自己激情的来源，以及从任何地方都能起飞的全天候战斗能力。《唐》这首由 300 多篇短章构成，可与蘅塘退士那本著名的《唐诗三百首》选本互相印证和比照的长诗，伊沙把自己的"来历"和渊源连接到一千多年前的唐朝和唐诗，这与他那些关于"现世"的作品遥相对应和并置，构成了他辽阔的视野和思路，也显示了他整个作品系统内部的张力和某种灵魂的宽度。《晨钟暮鼓》把诗歌写回散文：**"晨钟暮鼓，山河岁月，/ 艰难时日，世纪诗志"**。与他的分行诗歌形成有趣的"互文关系"，在交融参差中，打开了新的意义空间。《灵魂出窍》以一次体检为契机，直逼生与死的极限，**"老子像是一个要死的人吗"**，进行了一次惊心动魄的自我拷问。《网语真言》《有话要说》等诗论即诗，既带有网络唇枪舌剑的鲜活气息，又闪烁着夫子自道的真知灼见，是近期诗歌理论建设的重要成果。《蓝灯》则"与某些人做得正好相反／越是走向世界／／我越是不会丢弃／这类不可译的诗句／／与母语的尊严无关／我是在捍卫写作的真理"。在今天，国际间诗人们的背景越来越"重叠""趋同"，交流越来越"同步"，甚至可能在同一个会场"竞技"，伊沙的这次英伦诗旅，淋漓尽致地表达出某种"文明穿越"和"文明超越"，这一点对以后汉语诗的意义可能尤其重要。而系列长诗《无题》，重新引进修辞来激活口语，这些难以命名、现在进行时的诗歌，又一次显示了他面对未明事物的敏锐，以及变形和幻化的才能，这是包容的诗歌，也是敞开的诗歌。现实和想象，在这里没有分野，更没有界限。它的涵盖面和穿透力也达到了新的高度。而他现在进行时的系列组诗《梦》则打开了现实与非现实、超现实的神秘通道，匪夷所思又五味杂陈。"发生"在另一个世界的事情，不仅在新的维度上重建了想象力，也在新的层面上发掘并创造出难言的"真实"，这是另一种"平行的"现实，与我们熟悉的现实互相映照并互相对峙，互相质疑并互相修正。

但他日常的创作更是令人惊叹。21 世纪以来，他几乎每月发布一组新作，累积起来，早已千首以上。这个记录，无人能出其右，以后恐怕也无人能够打破。诗人遭遇的一切，都在这里汇聚，并转化为诗歌。"那是命运之神／叼着烟斗／吞云吐雾／站在其身后／握着他这管／粗大的血肉之笔／在写"。他的短诗（包括组诗），一方面，带有鲜明的"伊沙式的"个人戳记，比别人总要犀利，比别人总要成分复杂，总要多一些意外和"偏移"，另一方面，似乎也变得松弛、随意，语言的亲和力下面玄机暗藏，经常是在意义的分岔处戛然而止。他自称："我与诗的关系早已经不是思考，而是感受，终于发展到享受了——不是道出诗，写出诗，而是活成诗，活成诗意本身。在这亘古不变的俗世上，没有比做一个诗人来得更幸福的了！"。这些无所不包、植根于自身经验和感受、兴趣广泛、激情奔涌的作品，也就成为名副其实的史诗和"诗史"。

作为一个时间单位，十年，在一个人的生命周期里，是一个很长的时段了，在文学史上，已经是一个断代的概念。谈论诗人伊沙的十年，我们首先遇到的困难，就像是勘探队员，面对着的不是一块石头，一堆石头，一座山峰，一种地质结构，而是一个山系和一个高原。此人的作品量如此之浩大，主题和题材如此之丰富，方向和体裁如此之庞杂，他几乎独自支撑起一个独立的、特别的诗歌品种。更重要的，他创造了他自己诗歌的主人公，一个近乎完美的诗人形象。要知道，大诗人不光是写出杰作，长远来看，他主要是（虽说是不经意间）写出了作品后面的自己，诗歌和诗人、文本和人本互相辉映、互相照耀（屈原、陶渊明、李白、杜甫、苏轼等等，莫不如是，他们差不多已经成了我们熟悉的朋友）。我们只要注意这个有趣的现象就够了，伊沙遭遇的批评，经常不是对诗而是对人的。这样（如同历史里常见的），那些针对他的敌意，也构成了他荣誉的组成部分。

唐欣

可能的诗学

　　自从王国维先生提出"一代有一代之文学"的说法以后，这个观点就成了一个重要的判定标准。如同唐诗、宋词、元曲和明清小说，人们也在探寻和追问，什么是这个时代富有代表性的、主导的文学样式？虽然众说纷纭，但有一点是肯定的，那就是很少、甚至没有人会把诗歌列为第一选项，但有意思的是，诗歌，还是诗歌，仍旧是当代最先锋的和最重要的文学形式。因为，在探索和发掘个人的内心生活方面，在记录人们的精神历程方面，在塑造现代中国人的民族灵魂方面，尤其是，在开发、创造、丰富现代汉语的表现力方面，诗歌仍然发挥着不可替代的引领的作用。诗歌不是在中心和表面，而是在内部和深层，在情感、方向和工作语言上，决定和影响着中国文学的品质。而口语诗，正是这个时代最具代表性的中国诗歌。

　　20 世纪 80 年代以来，众所周知，中国历史发生了重大的转折和变化。同样的，世界历史也发生了重大的转折和变化，由此带来的生活的深刻改变正是我们的文化背景，也是当代诗歌的人类学基础。毕竟，几乎谁都能够感到和明白，中国人甚至都不是 30 年前的中国人了。这是伟大历史给予诗歌的馈赠。而从文学内部来看，原有的、既定的诗歌形式如果不说是耗尽了可能性，至少也是难以适应和容纳、更难以表达和表现这种变化和变迁了，如果要不被淘汰，它们也面临着开放和革新。正如大家都知道的，作为一个文明古国，中国有着悠久和强大的诗歌传统。这一方面给了我们光荣的历史，另一方面，也是沉重的负担。在漫长的文学史上，乃至在并不漫长的中国新诗史上，业已形成这样的分类：一边是差不多成了定式和腔调的、套路化的诗歌语言，另一边则是浩瀚的、巨大的"非诗"的语言。这已经造成横亘在诗歌和生活之间的隔阂，已经构成诗歌发展的障碍，所以像哲学里的"现象学还原"一样，返回生活本身，返回我们日常的语言本身，就成了一种必然的趋势和抉择（从世界范围的情况看似乎也大略如此），这也确实为中国当代的诗歌注入了生机、活力和希望。

口语诗跟人们的阅读习惯、甚至和人们的审美期待有了很大的不同。习惯有滞后性，期待有连续性，这些都是不太容易改变的。但诗歌毕竟是活跃的因素，也始终是革命的力量。诗歌在前进，诗歌的定义、诗歌的标准也一直处于争议和变化之中。

口语，无非是活的语言，是我们还在使用、正在使用的语言。实际上舍此之外，我们别无其他的语言。口语的对立面并非书面语言，而是已经僵化的、标本化的"文学"语言，但是同时，我们也必须清楚，口语只是、仅仅是诗歌的原料，口语要写成诗歌，这里面还需要诗人的点化，也还有着巨大的困难。就像把矿石冶炼并转换成金属一样，这实际上是复杂的工程。口语诗的语言同口语是不能简单画等号的，她要保其鲜活生动而去其芜杂潦草，她要让诗从口语里挣脱和起飞。口语必得经过诗人的淘洗、选择和过滤，必得暗含着诗人对节奏、音步、色调等"语感"的直觉和妙悟，必得暗合着对无形的诗歌新老传统的回应和承接。看似简单的口语诗其实也不是那么简单的。口语诗的诗学，或可称之为"可能的诗学"，她正指向在开放和流转中不拘一格的创造性。我们只能说，口语诗具备了更直接、更充分、更生动的诗意传达的潜质，具备了成为时代主导的诗歌样式的可能性，但这并不意味着，凡是口语诗就一定是出色的。口语诗达到优秀的概率并不比其他诗歌更高。大概在相当长的时段里，口语诗会和其他的诗各行其道，最终选择是时间的事。归根结底，与所有的诗歌一样，口语诗只有卓越，才可能通过历史的和美学的检验，进入到文学的殿堂。

诗歌不光是一种特殊的体验方式，她还是一种特殊的认知方式，因为，她首先是一种特殊的思维方式。当然，这种思维方式又是通过特定的语言方式表现出来的。所以，思维即语言，或者更恰当的，语言即思维。这对我们理解口语诗，乃至评估和预测她的趋势都是富于启示意义的视角。尽管有人把口语诗的传统追溯到很久以前，并且把口语诗扩充为一个大的文体种类，但是，应该限定的是，我们在此谈论的口语诗是一个现代文学概念，也是一个现代主义文学的概念。这里的关键就在于她眼光的不同、智性的不同。如果说以往的诗歌更强调和侧重感性、感觉、感情的方面，那么，我们这里讨论的口语诗，则是在"重估一切价值"的背景下，在经历了现代主义、后现代主义文化和文学思潮的洗礼以后，更多了理性的、审视的、批判的色彩。这成为她们的精神气质，也成为她们的判断和甄别尺度。所以，虽然都是口语，但今天口语诗人笔下的口语已经是当下的口语，其内涵、色泽，尤其是蕴含的精神已与从前判然有别，这是一个重要的分界（黑格尔曾经指出，同样的一句话，青年人讲出来跟老年人讲出来，是不一样的）。据此，我们可以说，口语诗也蕴含着内在的精神要求，这是由她的品质所决定的。如果说早期的口语诗发现并采用口语写诗是一场革命，那么，现在口语诗的发展和创新就是要提升口语诗的质量，要进行口语诗内部的建设。

如何处理作者在作品里的站位和作用，一直是现代主义文学诞生以来的重要课题。口语诗的作者，多采用第一人称，这样的诗一方面有亲历性和现场感，另一方面也给读者以近距离和可靠性，这也是口语自身的特点所决定的。但怎么把握作品的主观性和客观性，不可不慎。浪漫主义文学的"自我"是跟着感觉，不加辨析，甚至多少带有一些"自恋"和"自怜"的倾向（也有以相反的"自虐"和"自毁"方式表现的），富于感染力和煽动性，但受制于单一视点的限定，必然会遮蔽广阔的视野，也同现代世界的多元化和认识论形成龃龉。而与之决裂的现代主义之后，文学对自我的间离、怀疑、度量和分析，则是一个普遍的趋势。谁能保证诗人的"自我"是唯一的呢，此时的和彼时的，此地的和彼地的，真能没有变化吗？而且，就在同一位置的同一瞬间，难道自我就没有争辩、纠结、矛盾和斗争吗，就没有多重性和多样性吗？自我和世界一样深奥而复杂，他们都不是自明的。诗人对此应该有足够的认识。我们探究世界往往从探究自身开始，探究自身往往又是从正视自身开始的，诗歌从这个意义上说，首先就是自我开发和自我探险，是对真相和真理的勘探和追索。完整的自我，有时候只有在写作中才会遭遇到和意识到，也只有在写作中才会被发掘和创造出来。因此，怎样分解和统一、进而把握和表达作品里的"自我"，可能会是口语诗需要解决的一个难题。

另外，似乎也是由于口语的特性，口语诗的大多数作品都是现实题材的，也多局限在事物、事情、事件、事务的领域，切近而实在、生动而具体，甚至大家总是习惯性地把她同日常生活联系在一起（"紧贴地面"的"步行感"和散文化确实是口语诗存在的主要问题。有人更把她同"形而下"联系在一起，同肉体和欲望联系在一起，这自然会吸引一些眼球和热议，但这显然是对口语和口语诗的误解和误读，也是对现实的缩减和歪曲，更是对人类生活本身的贬低），口语诗确实擅长于对日常生活中诗意和情绪的捕捉、对细节的描摹、对故事片段和心理过程的记录等等，但优秀的诗人绝不局限于此，他们总要在诗歌里进行更深入和更广阔的探索。诗人要在诗歌里容纳诗人在某个时空的所有感受，不浓缩、不省略，平等地、平行地并置和展开各种经验、思考和心绪，这些无法概括也无法提炼的片段正是心灵的真实，非常辽阔又非常细微，万物皆备，一心映照，这样敞开的、综合的看法或者写法打开了生活到诗歌以及诗歌到生活的无数条隐秘通道，也更开启了诗人自己的写作大道。

我们知道，现实同样不是唯一的和绝对的，一味对现实的膜拜丧失的乃是人类的尊严。与其他文学形式一样，口语诗歌不仅要呈现和表达现实，也还要反思、评价现实，要批判，甚至是改造现实。

尤其是她要充分展现现实的诸多可能性，有谁规定现实只是我们看见的、听见的、触摸到的这一种呢？即使是一种现实，它的向度、层面、纵深、趋向也肯定有所不同。还有超现实、非现实、反现实等，还有想象、梦境、神秘体验等，我们不应该把现实单一化、表面化和固定化。理所当然，诗歌应该像人的心灵一样浩瀚无际，我们的思维能够抵达的，我们的语言也能够抵达，也只有我们日常使用的语言能够抵达。而诗歌从来也都致力于对现实的穿越和超越，如果没有这种穿越和超越，诗歌也很难称得上完成和完满。她不仅有双脚踏着大地，她也要有翅膀在天空翱翔。她提供的，毋宁说，主要是诗人的心理现实和精神现实。她不仅可以是叙述性的、戏剧式的、小品式的，她同样也可以是思辨性的、抒情性的、幻想性的，她可以也应该为所欲为。我们尽可以解放我们的思维，纵情想象。事实上，已经有很多口语诗人在开拓新的未知地带，在增进口语诗的"飞翔感"。所以，口语诗可能驰骋的未知的空间还有很大，等待着诗人们的探索和创新。

沈浩波

作为一种世界观的口语

　　总体来讲，精神上更偏向于传统、经典、保守和精英主义的诗人会更趋近书面语，尤其是受象征主义和意象派浸染较深的诗人。至于受现代主义之前的西方浪漫主义诗歌和社会主义诗歌美学影响的，那就太业余了，不值一提。而更先锋、更自由、更反叛，更认同后现代主义美学，更反对精英化的诗人，一定会选择口语。所谓形式即内容，正是这个意思。

　　而从体制来讲，中国当代诗歌大致有三种体制，民间体制（反体制，但亦在反体制的价值观下构成体制）、学院体制（带有知识分子特性的精英体制）、官方体制（价值观最落后，但最有权力和钱，整天开会发奖的那个体制）。这三个体制中，民间立场的诗人大致会选择口语或更清晰简明的书面语；学院派会选择更复杂的书面语以彰显其精英气或选择更趋近崇高的带有一定口语感的书生式语言，为了增加语言活力，学院派也纷纷用口语入诗，试图进行语言的基因改造，但这与口语诗相比显得太矫揉造作，失去了口语本义，又失去了书面语的纯粹，反而不好。至于官方体制，普遍还在采用最落后的大而无当的抒情体书面语和口语糅杂的不伦不类的语言，既试图亲民，又试图煽情感人，还想带着点文人腔，恶心得很。

形式即世界观，语言即世界观。举例而言，20世纪80年代中期的于坚，作为"他们派"中的一员，是平民主义诗歌精神的早期践行者，也是早期口语运动的代表人物，是先锋派，他当时当然会写口语诗。但现在的于坚，就不再是一个口语诗人了，他也不可能再写口语诗，他必须用书面语，因为他成了一个东方王权主义者，国故主义者，他把自己想象成了文化国师之类的那种大知识分子。我们姑且不必驳斥其虚妄。但语言即世界观，在他身上体现得再清楚不过。世界观一变，他就不再使用口语，就这么简单。这样的例子比比皆是。

而没有受过欧美现代主义和后现代主义诗歌洗礼的所谓写诗人，皆为业余爱好者。对现代诗歌和当代诗歌的发生逻辑和价值伦理一无所知，就不要跑出来丢人现眼地讨论什么口语诗了，你们连书面语都没弄明白，连现代主义都没弄明白，谈什么谈？拿什么谈？在我们这个农业文明大国，现在还有很多人，甚至是年轻人，写的都是那种最低级的浪漫主义诗。目前跑出来骂口语诗的，基本上都是这种缺心眼儿的货色，缺心眼儿又想出名，也属于身残志坚了。

沈浩波

在艺术上秉持永恒的民间立场

什么是民间？民间就是体制外。什么是民间立场？民间立场就是反体制。

我们讲的是文学艺术范畴内的体制，是精神层面的（有些白痴会留着哈喇子喊：那很多诗人还在中学当老师呢？他们难道不是体制内的人吗？遇到这种白痴最好别跟他们讨论严肃问题，打一顿赶走就行。）

什么是文学艺术范畴内的体制，就是某种由社会赋予的权力组织体系，并在这个权力组织体系内生长出符合这个权力体系和权力规则的文学艺术标准和秩序。

在中国，有两个最大的文学艺术范畴内的权力组织体系。一是官方体制，通过从上到下的文联、作协组织和大大小小的官方报刊以及各种官方奖项、官方文学会议等组成，高度组织化和制度化，且有强大的意识形态喜好作为支撑。二是学院体制，由数目众多的大小高校，高校里里的学术体系（职称体系、师生关系体系等），同样构成了巨大的话语权力，其所形成的标准和秩序也越发围绕话语权力而进行。

从正常的文明逻辑来讲，学院体制与官方体制应该势不两立，学院的知识分子道德精神从来都只能是官方体制的对立面，这是不可被调和的最基本的知识分子伦理价值观。但在中国，在金钱、权力、人情世故的三重侵蚀下，在知识分子精神和学术独立精神越发沦丧的大背景下，学院体制的诗歌也正很难幸免地被官方诗歌侵蚀和吞并，这两者的媾和使得学院派知识分子诗歌体系大规模庸俗化。最具体的例子莫过于黄怒波对北大诗歌和官方诗歌的双重侵袭，以及首都师范大学的驻校诗人选拔机制完全官方化。在官方诗歌的侵蚀下，本应多少有点儿冰清玉洁感的学院诗歌正在变得又土又俗。

选择民间立场，对于被动者来讲，是选择了自绝于以上的两种体制；对于主动者来讲，是选择了反体制！这是一条孤绝之路，最大限度地考验着诗人的内心。这既是一种文学价值观的选择，也是一种基于道德操守的选择！如此强悍的选择，当然会付出代价，这个代价就是孤独。

人有依附权力的本能，因此就有依附体制的本能，民间当然也会体制化，一旦体制化，也会露出令人憎厌的嘴脸。但无论如何，它和官方体制、学院体制都有根本区别，他永远是建立在自由、反抗和个人主义基础上的。更何况，民间是一个广泛的概念。我在民间，我是民间，我的敌人也在民间，如此甚好。

"在艺术上我们秉持永恒的民间立场"，这是一句给过我力量和勇气的话，印在 20 世纪末到 21 世纪初杨克主编的《中国新诗年鉴》封面上。这句话是谁发明的？是年鉴的幕后推手于坚、韩东？还是年鉴的理论家、编委谢有顺、张柠？我猜是韩东，因为这句话水平太高了！但当时年鉴的一堆诗人和批评家、编委，有几个保持住了民间立场呢？更别提永恒的民间立场了。

可见这条路有多难。

为什么我说"口语诗是一种世界观"？

为什么我说"口语诗是一种世界观"？因为没有这种世界观的人，就相当于不在此世界，接收不到口语诗这个频率的信息。

据说，宇宙有个终极的法则，即"同频相吸"。具有相同频率的事物，无论多远，无论多久，只要条件具备，迟早都会共振。具有口语诗这种世界观的人，即使从未接触口语诗，可一旦机缘成熟，就会被激活，从而恍然——"这才是我要写的诗"。

相反，不具有此种世界观的人，就接收不到这个频率的信息。所谓"夏虫不可语冰"，表达的就是这个理。此类人，与口语诗世界是相隔的，这种"隔"比吃饺子蘸醋还是蘸酱油，粽子吃肉的还是素的，豆腐脑是甜的还是咸的要大得多。这其实也是存在主义第一原理——人与人是无法沟通的。

从本质来说，审美是你接收信息的幅度。文学艺术的发展过程，就是一个不断拓展美学边界的过程，先锋者孤军深入，不知多久以后，跟随者才姗姗来迟，这个幅度永远不可能同步。不要说反对口语诗的人，就是很多口语诗作者，甚至被业内认定的"口语代表诗人"，对一些触碰边际的口语佳作都会怀疑，甚至无感。

所以，那种趋于经典性的写作，其实是在国境线内的安全写作，即便看上去词句再刺眼，观念再出格，有先贤护佑，也是安全的。当然，并非安全的写作就不对，赵匡胤本无四方志，也能把大宋经营好。而身为创作者，既然我们忠诚于"创造"，不管我们自己能不能做到，都应该把更多的敬意，给予那些深入恶土的拓荒者。其实除了敬意，我们也给不了他们太多。对开疆拓土者而言，他们的风险无法预知。醉卧沙场君莫笑，古来征战几人回？

"神和国王都有痛苦的秘密，那就是——人是自由的。"（萨特）口语诗人几乎都是自由主义者，他们以己推人，会认定别人也是自由的，就想当然以为所有人都能理解"简单"的口语诗，遇到不理解的人就心急如焚，想方设法要让其改变对口语诗的偏见。事实上，人是自己行动的结果，如果想改变，必然要接受一些东西，同时也要失去一些东西，这是个取舍抉择的过程。是取还是舍，取什么舍什么，就是三观。

也有部分人说，随你们争论去吧，我理性、中立、客观、不选择。其实不选择就是选择了不选择，这是任何人的自由，随他去吧。

口语诗人的写作，遵循金斯堡所说"写你看到的，不要写你想到的"。他为什么这么说？因为大多数人，尤其是写作者，其实并不信任自己的眼睛，而是相信自己的脑浆，以为想象力比观察力要高级。相信自己脑子里的"思想"，要比世界发生的还要深刻；相信自己脑子里进的水，要比水变成冰还深刻。这似乎也是无解的难题？

再进一步说，"看见"也是有门槛的，人之所以看见，是因为他想看见。对那些不想看见的人，视若无睹，说破天也没用。再好的口语佳作，对其来说，只是几行简单的文字排列，理解如此之难，遑论更高级的东西。比如口语诗人们追求的"五百常用字写作"，于很多人而言，就是低幼文字游戏。人们嘲笑孔乙己执着于茴香豆的茴有几种写法，却不想转眼之间，自己已成戏中人。如此种种，不在意料之外，更在情理之中，好的口语诗人，都是通透世事的人，对此并不沮丧。不是一家人，那就不要进一家门，没入门的人，何必看见？

世界是荒诞的，口语诗人殚精竭虑写让普通读者看懂的诗。结果，他们看懂之后说"这不是诗"。我们深知"不可言而与之言"是一种不智，可是源于自由的善良，却经常让我们把太多的时间，花在向人解释"冰究竟是什么"上。虽然明知不是一个信息频率，解释都是无效的，可诗人的存在，不就是专干这种"明知不可为而为之"的事吗？

正是在这个过程中，本来一无所有的口语诗人，慢慢发现了自己，看清了自己，界定了自己，成为自己。因为我们见过冰。

西毒何殇

"口语诗"二十一条

此文旨在以碎片化的方式，厘清一些口语诗的基本概念，抛砖引玉，接受质疑，可以反驳，于争论中，起到在一定范围内普及口语诗的作用。

1. 也许每个时代都有属于自己的口语诗，但我们此时此刻说的口语诗是专指"后口语"。脱离时代，来说口语，毫无意义。一万年以后的口语诗，绝不是我们现在为之战斗的东西。

2. 为什么是口语？就是有别于书面语。不同地域，不同时代，不同个体都有不同的口语，却会使用相同的书面语。使用口语创作，更符合个人表达，也更尊重个体。

3. 每个人都有自己的口语，但如果就此说"每个诗人写的都是自己的口语诗"，恐怕大多数诗人都不会同意。因为在口语诗之外，还有其他类型的诗。

4. 比如表现自己情感狂热、想象力瑰丽的浪漫主义诗歌；表现自己对社会观察力强、有思考的现实主义诗歌；

表现自己能把瞬间情感用形象准确呈现的意象主义诗歌；以及表现自己书面语修饰能力强的修辞诗歌……如此种种，不一而足。这些都是文学常识，不再赘言。如果对这些都没有基本的理解，后面的话说不着。

5.上述这些思潮（流派、风格），其实是个逐步演进的过程，在其各自所处的时代，都是先锋，都有自己的对立面，都形成了自己完整的价值体系，和独到的美学标准。举个不算太恰当，但比较形象的例子，类似从唐诗到宋词再到元散曲。非要说唐代有没有词？元代有没有诗？当然有，但不是当时的主流成就。

6.把视野拉远来说，无论唐诗、宋词还是元散曲，以西方的标准来看，都属于诗。就像国内大多数非专业读者读维吉尔、华兹华斯、济慈、弗罗斯特、艾略特、策兰、阿赫玛托娃、聂鲁达、史蒂文斯……反正都是外国诗人，并不关心其年代和风格。

7.但从文学专业内部来看，文学的演进是有清晰脉络的，且这种演进也不是凭空而来，而是与社会思潮和文明发展相一致的，演进并不可逆。随便翻一本主流文学史都说得很清楚。

8.中国的情况比较特殊，中国用几十年的时间行进了西方几百年的路，从农业时代到工业时代，再到信息时代的今天，也许物质文明已经现代化到足以与西方并驾齐驱，但精神文明绝非一蹴而就的事。在复杂纷乱的社会文化背景下，各种新旧思潮和美学标准齐头并进，相互纠缠、抵触、摩擦、吸纳，因为各有各的存在空间和理由，所以互相之间并不能说服，甚至都没有交流的平台。这与中国当下社会发展阶段也是相一致的。

9.在如此背景下，说口语诗好，大部分人都听不顺耳。凭什么？

为什么？你说好就好？你是谁？你算老几？如果你对照西方文学发展的脉络，那就会招来异样的声音——西方的东西无须参照，中国文学要走自己的文学道路……这与中国当下的现代文明水准，也是相符的。

10. 而在这样的环境里，口语诗为什么引起的争论最激烈？因为它戳到了中国文化的软肉——乱象，其实乱没什么可怕，它正是后现代的特征——上帝死了，群魔乱舞，百鬼夜行，但它与中国人的长期接受的教育背道而驰。但天道有常，不以尧存，不以桀亡，不管你爱与不爱，乱象已成，在其他表达方式纷纷失效后，口语诗应时而生，成了表达乱象最恰当的方式——碎片。

11. 一百多年前，惠特曼在呼吁美国作家应该"碎片式写作"。他认为，欧洲人对"有机整体或组合"具有天生的意识，只有通过对悲剧的反思，或对灾难的体验，才能获得碎片意识。而美国人对碎片的意识与生俱来，因为美国本身就是由各个联邦和移入的民族构成的，到处都是碎片的汇集。

12. 后现代哲学家德勒兹如此阐释惠特曼，美国把最多种多样的少数民族结合为"充斥着不同民族的国家"，使得美国文学成为一种卡夫卡所说的"次要文学"——少数派文学，使任何私人写作，都能成为"民族问题"。即使最简单的爱情故事，将国家、民族和部落置于其中，最个人的自传也必定是集体的。这是一种"民众文学"，是人民和"普通人"，而不是由"伟大的个人"所创造，就像是美国的建立。

（参见德勒兹《批评与临床》）

13. 吊诡的是，建国几十年来，中国文学界一直呼吁大作家、大诗人书写民族、歌颂人民、刻画时代，什么整体主义、神性主义、大诗主义……口号看上去一个比一个正确，可是结果呢？且不说诗，只就国人爱读的长篇小说来说，真正成功书写民族、歌颂人民、刻画时代的作品，有几本超过了20世纪30年代美国人赛珍珠的《大地三部曲》？

14. 当然，上面这段与诗没有直接关系。我要说的是惠特曼的"碎片式"写作，在中国当下却遭遇了众口一词的抨击。似乎一提碎片，就是浅薄，就是罪过，就是"三俗"。与另外一个词"解构"，有相似的遭遇。象形字就这么一点不好，看见"解构"，就马上联想到拆解，接着是拆毁，接着是毁坏，接着是破坏……真不是这意思。

15. "解构"这词据说是钱钟书翻译的，严谨点说，应该是"结构分解"，就像科学家把原子结构分解为原子核和电子，并不是要拿把斧头去破坏原子。解构并不是要拆房子，所以不存在拆了之后怎么办的问题。

16. 解构哲学源于尼采，其本意是反叛传统哲学，打通哲学和诗歌，让理性和上帝所代表的道德，不再成为人性解放和追寻终极意义的障碍。杀死上帝，人类不需要见证者、审判者和救赎者，人类就是自由意志本身。通俗点说，就是扼住命运的喉咙，我命由我不由天。作为人，只遵从自己的意志，直面自身的命运，用自己的语气说自己的话。我手写我口。

17. 对既有的由权力制造的观念、普遍话语、集体意识发起反抗和争论，解构不是否定，而是再讨论。这种再讨论，是拒绝被设定，反对中心主义。反对并不是凭空而生的，德里达提到"欧洲传统之所以能够被解构"，是因为在欧洲发生的事——专制主义、纳粹主义、种族屠杀、清洗犹太人、殖民化等等，都是中心主义观念导致文化的僵滞出现的罪恶。而这些，并不仅仅局限于欧洲。

18.上述这些概念，无数学者和研究者都有深刻的论述，远不止我写得这么浅白，但这么浅白地讲，有助于我们进入并了解后现代。"后现代"并不像一些人理解的恶作剧，而是出于一种深切的责任感。

19.正是这种责任感的驱动，才让诗人把口语诗这个概念继续精确化，根据其不同发展阶段和美学特征，精准划分出"前口语"和"后口语"。

20.我并不想机械地列举几个硬标准，来划分前、后口语，只举一些文本例子，用心的读者应该能体会到其中的区别：

前口语诗是生活流（于坚《尚义街六号》），后口语诗是生活片段（伊沙《9.11心理报告》）；

前口语诗是"我们"的（韩东《有关大雁塔》），后口语诗是"我"的（朱剑《新居》）；

前口语诗是概述的（李亚伟《中文系》），后口语诗是个别的（西毒何殇《医院最好看的女人》）；

前口语诗是抽象的（杨黎《撒哈拉沙漠上的三张纸牌》），后口语诗是具体的（马非《两条毛巾》）；

前口语诗是情境的（王寅《想起一部捷克电影想不起

片名》），后口语诗是情景的（王有尾《怀孕的女鬼》）；

前口语诗是抽离的（阿吾《相声专场》），后口语诗是在场的（艾蒿《玩伴》）；

前口语诗是精英的（于小韦《火车》），后口语诗是平民的（梅花驿《牛逼》）；

前口语诗是仪式的（王小龙《纪念》），后口语诗是戏谑的（李勋阳《皈依》）；

前口语诗是情怀的（姚风《南京》），后口语诗是情趣的（宋壮壮《脱发治疗经过》）；

前口语诗是浓烈的（琳子《那东西》），后口语诗是天然的（游若昕《虚惊一场》）；

前口语诗是含蓄的（何小竹《10月9日在王建墓》），后口语诗是直面的（沈浩波《玛丽的爱情》）；

前口语诗是周延的（默默《为上帝补写墓志铭》），后口语诗是截取的（起子《茶古天主教堂前》）；

前口语诗是经典主义的（邵春光《太空笔》），后口语诗是即兴的（江湖海《那几年》）；

前口语诗是感受的（京不特《瞄准》），后口语诗是体味的（杨艳《把他挂在风雨中》）；

前口语诗是凝思的（胡冬《我想乘上一艘慢船到巴黎去》），后口语诗是即视的（侯马《吃灯泡》）；

前口语诗是杂糅的（吉木狼格《爱情和马》），后口语诗是纯粹的（伊沙《鸽子》）；

前口语诗是轩辕的（《阴间也有愚人节》），后口语诗是轼轲的

（《你见过大海》）。

21. 至于把口语诗说成"口水诗"，既是象形字恶意联想的结果，又是一犬吠形百犬吠声的跟风，正经人应该不会这么干。至于口水的存在有没有必要，那又是另一个话题，请咨询医生。

庞华

后口语诗打开的是什么

> 对众神我们太迟
> 对存在我们又太早。存在之诗
> 刚刚开篇，它是人。
> ——海德格尔《诗人思者》

从所引用的三行诗来说，"众神"和"我们"不在一个频道。"我们"和"存在"的关系也是。"存在之诗"来了，"它是人"，那么，"我们"是谁？"我们"存不存在？"我们"太早，那就是没有抵达存在。如果"我们"是人，"我们"就是"存在之诗"，"我们""刚刚开篇"。如果"众神"是"存在"，"我们"是"存在之诗"，"我们"就是对"众神""太迟"，对"存在""太早"的人。真的是这样的吗？反正我不管，我是按人的支点理解。

1. 碎片的必然，势在必行，惠特曼"碎片式写作"

1.1 从尼采宣布"上帝死了"开始，形而上必须让位于形而下，起码必须极其重视。换言之，是上半身和下半身的关系。巴赫金的说法是"部位上的"和"部位下的"。无疑，在观念上，这是一场"逆战"。"口语诗"与"非口语诗"的一场"逆战"。

1.2 口语诗的内部分化产生了前口语诗和后口语诗。于坚的"拒绝隐喻"和韩东的"诗到语言为止"以及杨黎的"废话"等主张，基本代表了前口语诗。伊沙的"事实的诗意"必然代表了后口语诗。"事实的诗意"从哪里来？1993年伊沙在《饿死诗人，开始写作》一文中就指出了这一点："到语言发生的地方去。把意义还原为一次事件。"非常明显，是在呼唤源头性语言去叙述或描述"一次事件"。是不是一首后口语诗就这样结束了？是，也不是。是，是因为"事件"，不是，是因为"意义还原"是否成功。可见，一首后口语诗并没有违背诗歌的两大原则：文学性和艺术性。

1.3 后口语诗与前口语诗的区别体现在"世界观"上（西毒何殇应该说后口语诗是一种世界观，请原谅我牛角尖）。前口语诗的抒情特征、意象特征、象征特征、语言游戏特征的痕迹，或隐或现。后口语诗基本，甚至要彻底消除这些特征，或者说完全消化成为我所用的"营养"，当然也包括对书面语，乃至经典、古典用语。后口语诗生就一副"拿来主义"的强壮身体。按伊沙的"反抒情"说，我的"零下无诗意"说，后口语诗本无一法，浑身是法，最善于根据当下情况做出最妥切的终端处理完成一首后口语诗，为了"事件"的文学性和艺术性，甚至把"技术"降到了零。那些"技术"诗人，实际都是伪诗人。因为只有后口语诗人才始终以人为第一位，恢复了人的中心位置。

1.4 生命个体，现场感，活镜头，美丑交织，嬉笑怒骂，对于后口语诗来说，按我个人理解，是一种拉伯雷小说中的那一切形象。那一切形象，其实极其对应了我们当下的很多现状：怪诞现实。所有一切可以打碎，重新来过。每一个个体都是国王。

每一个个体都是坏蛋(有几人敢当自己是坏蛋)。一切都在自我审视中(有几人发现自己是坏蛋)。一切也在自我批评中。一切更在自我发明中(新生)。诗人叶芝说:"一切中心四散了"。难道不是一切因此都有可能了?后口语诗率先打开了未知大门,去把握无数可能。伊沙说"各写各的",不无此意。

2. 人本位才是中心，结构就是重构

2.1 一首诗写了什么很重要,就像你衣服里面是不是你一样重要。衣服可以随便换,你可以吗? 有了你,才有了你怎么穿衣服的问题。这也再次说出了"世界观"的重要性。一只鸡和一只凤凰的世界观肯定不一样。后口语诗就是凤凰。

2.2 以文本为中心,在巴尔特那里就解决完了。他把文本撕成碎片。德里达干脆搁置所指、能指。语言的差异来自语言本身的偏离性。这也是一个后口语诗必须高度注意到的。如何准确、清晰呈现"事件","还原意义",是写作中的自我考验。也是一种写作的自觉性。

2.3 事件中,人本位所体现的意义,必然摆脱不了人性。人的意识、记忆、知识、信息,在这个智能时代、消费时代、商业模式突变时代、居住环境高度集中的时代、分工越来越细的时代,有机结构的解体必然出现了碎片特征,甚至任意特征,一切看上去毫无联结,似乎完全是并置的、拼贴的,私密而又无处藏身的。然而我说的是"金字塔"的底部,而非顶部。我可以坐在房间通过电脑、手机尽知天下事,天下事全是扑面而来的"碎片",我可以"任意"抓取,"并置""拼贴",找到某种"连结"。人必须起作用,语言必须控住。语言流在下面,不在上面。

2.4 意义存放在事件的结构中,也是存放在语言的结构中。"事实

的诗意"不在诗外，反而在诗里。这是我写作后口语诗的体悟，我很乐于这样做。我不指出，但我有确指和意指。后口语诗的标准搁置在未知之中，是一个会变动的目标。就诗学来说，后口语诗的后现代精神没有放弃"意义"，甚至我可以说，"意义"就是"魂"。魂在诗在。"我手写我口"（黄遵宪语）。诗即人，人即诗。文学放弃"意义"等于自杀。如果人必须肯定自己的存在方式，那么就必须追寻这个"意义"何在。存在何为？不可能是传统诗意的存在，必须是当下诗意的存在。我们必须注意到诗意的相位跟美的相位一样，会变动。我们追寻的就是这个"存在之诗"的变动。

3. 后口语诗反对殖民化，但事实是，只能减轻被殖民的程度

伊沙反复提到的"本土化"，意在促使后口语的精纯度。由于"白话"以来，汉语的敞开性吸纳了众多外来语，这是翻译造成的语种之间的混合。后口语诗的任务之一，首先就是"把话说溜"，这给了翻译体语言一记重拳。后口语诗的另一个任务，是让诗歌回到诗歌，决不夸大诗歌的职能，诗歌所守护的既是我们作为一个平民的生命感悟——喜怒哀乐，悲欢离合，又是我们的汉语语种，伊沙所谓"舌尖上的母语"。

4. 意义不可缺席，真不可缺席

4.1 我们看起来是迎着时间而活，换个角度看，时间是不是从未来向我们汹涌而来？那么，我们是被以往的"文化知识"推着前行，还是因为"存在之诗"而拖着体积庞大的"文化知识"？

过去和未来交汇在今天这个时间节点上，对于下一刻，我们谁能知道更多？答案十分残酷：零。

4.2 因为语言对于我们的先在性，我们的所知似乎"无穷多"——没有人可以读遍天下书——所以意义也就"无穷多"了，简直莫衷一是。这也是后口语诗历时 30 多年的坎坷发展必然。但是可喜的方向是对的，锁定了"人"。只要你自认是"人"，"意义"就有了核心。

4.3 一般来说，任何写法的诗都离不开语言。语言和诗的关系历来也很纠结。就我个人的写诗的体验而言，语言和诗都必须依赖"一个事件"的结构而存在，即使是对"一个事件"的零碎感受，也一样可以产生某种"事实的诗意"。一首诗作通过阅读向每个人呈现的"意义"，是作者和读者共同的意识投射，是交织的，是"主客体互为流转"的，是一种身临其境的"真"。

4.4 众神的撤场，意味着伪崇高和伪深度的撤场。"存在之诗"的有效性就在于指认人的平民身份。这才是真正的崇高和真正的深度。巴尔特涉嫌过渡游戏。德里达耽搁于时差。后口语诗沉浸于此时此刻的"平视""狂欢"。

5. 平民伊沙中兴口语诗，开创后口语诗，作为一个屡遭诟病，饱受争议的诗人，并能同时进行"全能"写作，其本身就是常人难及的"深度"和"宽度"

5.1 伊沙的在场，以其"常胜不败"的生命特征，带来的正是文本和人相互作用的一个过程。文本即人，人即文本。万物是我，我是万物。形成了后口语诗作为整个世界后现代主义的一次例外，不是自我封闭，竟然是自我敞开，打开了一幅因为不鄙视日常生活经验，包罗万象的文学的当下现实图景。

5.2 对更新和新生的一贯追求，致使后口语诗沦落"民间"，在不平等的对待中坚守平等之心，在主流之外保持着"精神快活"，"智性的努力"，提升汉语纯度，喜剧性地呈现这个世界日常的怪诞现实（这本身确实具有民间气息），至少暂时成了后口语诗的现状。

5.3 忽然我若有所思。鉴于我对这个并不认识的诗人伊沙以及其不间断主持近8年的《新世纪诗典》的认知，我是花了时间和心思的，得出了我自己想要的观点。我冷冷地看着那些咒骂和打击伊沙的所谓诗人——他们都是"正确"的？从来就是——我心想，那你们就一边"正确"无误去。我愿意和伊沙以及所有后口语诗人一样"不正确"。而且我也想对所谓的伪"正确""作恶多端"，有诗拼诗，有文拼文。我历来就认为，不会读诗的写不好，写不好的也根本读不明白。专业化的能论能写，不过是基本素养。我脱口而出两行诗：

《后口语诗精神》

尔等骂伊沙出名
老子就赞伊沙出名

2018年11月6日

庞华

口语诗不仅仅是一种语言策略

"曹伊之争"，双方写诗能力、诗论能力，乃至嬉笑怒骂能力，悬殊太大，就像大部分人明白曹谁"炮轰"口语诗和伊沙的叛逆思维，而推行其"大诗主义"文本，稍有一点良知的诗人，对此无不失望之极。这正是一开始就有了结果的原因，曹谁一败涂地。曹谁只能自食苦果，谁叫他狂妄到说"中国新诗99%是垃圾"呢？不论是他所承袭的海子精神式的"大诗主义"，还是他个人具体文本，都不可能在另外1%中。他更有理由是99%垃圾里的。他不可能超越海子。由此可见，曹谁实际上除了"炮轰"掉自己，只好徒存一地炮灰。我身为口语诗人，不可能不笔伐曹谁谬论。在回击的文章中，多次提到了"口语诗不仅仅是一种语言策略"。现在再把这个观点单独拎出来，目的是想深一点，再深一点，去考察口语诗的种种特征，也算是一次摸索。

1. 口语是一种什么语言

口语无疑就是日常口头上言说的语言。但口语诗既是又不是这样一种语言，或者说灵活改善了、进化了这种语言。很多人都被这个"口语"词语一叶障目了。一般而言，口语（谈话用语）是相对于书面语（文字书写用语）来说的。大家习惯认为口语不如书面语严谨，事实上也是。

但口语诗不是。口语诗有着更严谨于以书面语写诗的要求。

口语诗首先是诗，诗必讲艺术性。所以对口语的运用，就不仅仅止于还原语言。诗人韩东当年说"诗到语言为止"，有其时代背景，在那时以其先锋性，促使了书面语空间收缩。但这是口语诗发端初期，我简称为前口语诗。

这一时期的口语诗主要革新的是"朦胧诗"。好笑的是，到今天还有不少"朦胧诗人"，写得更朦胧。从20世纪80年代中期，即使王小龙、韩东、于坚、杨黎等诗人对口语诗的力推与写作，直到伊沙、徐江、侯马、唐欣等口语诗人的出现，也没让口语诗"一夜长大"。也由此可见，口语诗的先锋性。

但是从伊沙的出现，从其1993年写的短论《饿死诗人，开始写作》来说，标志着一个新的口语诗时代开始了——后口语诗时代。而此前，伊沙已写了《结结巴巴》这首富于"拉伯雷系列形象"的狂欢特质的好诗。那时，一方面大家笼罩在海子的"春暖花开"中，一方面又被商潮吞噬。甚至还翻腾出席慕容、汪国真那样风靡一时的"心灵鸡汤诗"来自我抚慰空荒的心灵。但是，伊沙这个彻底的反抒情诗人出现了。

以上粗略梳理出口语诗内部的分化，为前后两个时期，即前口语诗和后口语诗。后口语诗还像一个无人关心的孩子在独自成长中。

2. 什么样的语言才"合法"

时间到了1999年，爆发了一场"知识分子写作"与民间立场写作的"盘峰论争"。今天看来，这场论争完全确立了民间立场写作，直接有益于口语诗得更加成熟。从"知识分子写作"看民间立场写作，就是非书面语的口语诗写作，是平民诗，是"非法"的。"知识分子写作"的代表人物西川就直接说了，他"对用市井口语描写平民生活产生了深深地厌倦"。这其实是典型的"精英分子"观点，其目光是俯视的，高高在上的。口语诗需要一个平民、平等、平视的姿态。这就形成了"我不与你对立，你偏与我为敌"的格局。

而事实上，我们看到的"知识分子写作"即西化写作，有严重的殖民倾向思维，玩弄汉语，词语打架，词不达意，整合外来语，准确说是莫名其妙的翻译体。从语言资源这个角度看，我想问一下：你们这些所谓精英知识分子可是中国人？难道你们这样对待汉语，才高贵又"合法"，才有优越感？由此可见，韩东"诗到语言为止"，于坚"拒绝隐喻"的先锋性了。由此可见，伊沙为什么说"到语言发生的地方去。把意义还原为一次事件。"

从语言来说，韩东、伊沙难道不是更"知识分子"？他们才真正说了、做了一个知识分子该说该做的。真正的知识分子最该明白自己的姿态和立场，必须是最中国、最本土的。这是骨子里的，这才是建设汉语。而所谓的"知识分子写作"恰恰扮演了破坏汉语的角色。因此，口语诗一开始就符合瓦解即重构的原理。因此，导致某种秩序发生动摇，令一部分既得利益者如坐针毡，惶惶不可终日了。他们认为你动了他们的奶酪。

因此，他们滥用了"知识分子"这面旗帜，最缺乏担当的往往就是这些总以为高人一等的伪知识分子。在他们看来，文学是守护他们的利益和权势的工具，与"万般皆下品，唯有读书高"这句话相吻合。这里可以问一下：谁给你织的布种的米？分工的不同，带来的等级差异观，不在口语诗的世界观里。

3. 语言策略与心灵的关系

口语诗以其原生、朴素、明白，得天独厚的优势，随着1999年过去，进入21世纪，不可阻挡地应和互联网这一新媒体，迅速改变和扩大了传播方式。这是对"知识分子写作"最残酷的打击，但他们必须学会接受现实。口语诗的狂欢时代来了。

事实证明，后口语诗的开创者伊沙没有错过这中兴口语诗的大好机遇。他是为此而生，为此而等的"一首具体地说人话的诗"（伊沙语）。在他那里，后口语诗语言特征就是大狂欢式的，他要"在诗中作'恶'多端"（伊沙语），他把"写什么"摆在首位。

写什么？写什么之前，应该还有两个问题，即怎么写和为什么写。在语言策略上，怎么写，不用赘言，那就是放手用艺术性的口语去写。为什么写，在真诗那里不构成问题，因为我想写。写什么——当然写人，写"我"，写生活，就是秉承文学即人学的宗旨。在任何时候，一旦诗与心灵无关了，诗才真死了。

那么，口语诗人需要什么样的心灵呢？伊沙说过，锅碗瓢盆并不意味着就是"平民意识"。也就是说，平民意识没有内化，不过徒具其形。这正是80后诗人西毒何殇正式提出"口语诗是一种世界观"的根本所在。心灵大，诗乃大。心灵干净，诗才干净。这不仅是价值、意义的选择，更是人之所以为人的本质性选择。

一切艺术只为人而存在。这一点在伊沙身上能充分体现，从他的文本里可以俯首皆是他作为一个真正的人的"不完美"：不是词语的粗鄙，不是内容的污秽，而是他敢写下他的"恶"，像对待"善"一样，保持一颗平民的平等心。他真的吓到很多人了。比如他这首《原则》："我身上携带着精神、信仰、灵魂／思想、欲望、怪癖、邪念、狐臭／／它们寄于我身体的家／我必须平等对待我的每一位客人。"谁敢这么"放肆"？

文本本身就是一个比喻。艺术的真实性不仅仅在于真正的事实。"事实的诗意"需要艺术的头脑才懂得事实可以虚构。所以，伊沙与他的诗是合一的，是一面镜子，只有不懂诗的人才只看见伊沙在里面，看不见自己也在里面，这是伊沙最"狡猾"处，也是他历来屡遭非议，不被理解的原因。当然，难道不是更表现了人性中的"恶"在"知识分子写作"群体、"曹谁们""马知遥们"等杂七杂八的群体那里有多么根深蒂固？可见，心坏的人只见到坏，因为他们总以坏心揣测他人。

4. 口语诗的生长性

如前述所言，"盘峰论争"之前的后口语诗还是一个孩子，之后开始在网络里迅速长大，与伊沙受到的"攻击"成正比。但他是天然的"战士"，从不言败，你敢战他敢应，绝不退缩。正是这种"决绝"姿态，呵护了口语诗。他对口语诗及口语诗人的影响是巨大的。是他，也只有他，带来了口语诗的狂欢。

从"诗江湖"论坛到《新世纪诗典》，再到个人的写作，及最近的"曹伊之争"，就像有个中国的拉伯雷在他体内复活了，比如他的《结结巴巴》写道："结结巴巴我的命／我的命里没没没有鬼／你们瞧瞧瞧我／一脸无所谓"。再比如他的《灵魂的样子》:"你是否见过我灵魂的样子 / 和我长得并不完全一样 / 你见过它有点像猪 / 更像个四不像 / 你是否触摸过它 / 感受过它的肌体 / 我的灵魂是长了汗毛的 / 毛孔粗大并不光滑 / 你继续摸下去 / 惊叫着发现它还长着 / 一具粗壮的生殖器"。

灵魂如此可感可触,"有点像猪",还长着"一具粗壮的生殖器",真是彻底的反抒情,定会令那些高人一等者彻夜失眠。这不是消遣,也不只是诙谐,这是大幽默。看似"形而下",其实更"形而上",其观察世界的力度和深度,是以"笑"和野,以一种广场狂欢,逆向,颠倒,降格,打诨式的"革新",完成了一次活脱脱的形象塑造,也暗合了沈浩波"下半身写作"对生命力的呼唤。

没有生命力,怎么谈繁殖和创造?真正的人性不是以想象和抽象思考出来的。人只有回归了自己才会感觉到自己是人。口语诗恰好是这样一种形式内容一体化的,吻合了人真正的本性,消除了人与人之间的隔阂。既取消了日常生活,又重塑了日常生活。化腐朽为神奇不就是这样的?

不拘形迹的语言现象,本身就有再生和更新的意味,这正是口语诗,尤其后口语诗的特征,嬉笑怒骂,有贬低和扼杀之意的同时,也就成了孕育的母胎。肯定肉体才肯定了口语诗,除非你无视肉体。

诚如巴赫金所言,"部位下的",永远在修正"部位上的"。一般而言,上必须依赖下才得以显现,这正是口语诗"向下达上"的途径,与传统诗的美学观明显不一,但不再与人为敌,而是有了切肤之感，是真正的诗的自然形式。

　　因此，我必须唤醒我体内的拉伯雷，而非上帝。我们要在口语诗的广场《新世纪诗典》上狂欢，庆典，与世界融为一体，好的，坏的，都将容纳思想情感和世界观。口语诗也将因此，此起彼伏，演示生死之道：本就是向着未知而去的。

2018 年 11 月 1 日

韩敬源

后口语诗学：
后口语诗是一种后现代的人道主义先锋诗歌

　　口语诗在继续生长，在口语人内部早已对口语诗前后两个时期的不同特点有了敏感和精细的认识，大众读者、非口语诗人对后口语诗愚昧无知，从诗歌的专业性和自觉性来说，口语诗人应该对口语诗前后两个时期承前启后的变化有清晰的认识。提出"后口语"诗学观并推动其发展的还是诗人伊沙，口语诗不是伊沙首创，但那又怎么样？严肃诗学只认创作成果（即作品），所以我说"伊沙是口语诗的集大成者和宗师"，如果你是一个严肃的诗学研究者，得出如上结论并不难。耐着性子读完曹谁狗屁不通的《大诗主义宣言》，会对中国的年轻诗人大失所望。好在新世纪诗典推出了十大80后诗人，随便一人，创作成果都可碾压曹谁之流。在《后口语诗学：从身体在场到事实的诗意的几个关键词》一文中，写到结尾"事实的诗意"时，我没有把"事实的诗意"说透，同时鉴于攻击者对口语诗反反复复从"道德"的角度进行攻击，读者对后口语诗的理解有致命的障碍，非常有必要对"后口语"

诗学做出梳理，固有此文。

口语诗学是对传统诗学中病态部分的有力矫正

中国有悠久历史，与这个悠久历史伴生的诗歌，不可回避地受到历史中形成的文化的影响。体现在诗歌美学中，由短暂和平养起来的血气又迅速在动乱中消失，在古典诗学中就留下虚无、哀怨、隐晦、幻灭、中庸的消极元素。敏感的诗人不难发现，从整体感知上，古典诗学阴气太重，汉唐之后，文化的阴气也重。唐诗的气象在李白，李白的气息是"个人无限大，天地何其小，三山五岳为我开道"；发展到晚清，日薄西山，天地无限大，个人无限小，加上外来物种"集体主义"一掺和，只见天地一片白茫茫，人不见了。以伊沙为代表的后口语诗歌在美学上带来一种"每个细胞都在舞蹈"的诗歌美学。作为后口语诗歌灵魂诗人的伊沙在气息上通李白、苏轼，一对比就发现，海子、西川之流，阴郁之气太甚，阳刚之气不足，《车过黄河》《饿死诗人》这种男人气息满值的诗歌，你就是让有阴郁之气的诗人去写，把其屁股打肿了他也写不出来。中国古典诗学老在这种怪圈中循环：大部分时候是气短胸闷的阴郁，憋到人要窒息了才冒出来一个天才把诗学往豪放的向度上拉过去。当现代诗发展到20世纪80年代末，像是诗神冥冥之中的启示，又给中国诗歌送来一个大诗人伊沙，中国诗歌之幸！伊沙从大学时代入诗开始（以1988年出现的《车过黄河》计算，其实他的创作开始比这个还要早）就扛起"黄河之水天上来"，"大江东去"，"奔流到海不复回"的现代诗歌美学以及创作实践的重任。有效的诗学理论是诗人在文本中实践出来的，古今如此，中外如此，尤其中国人的生成性诗学表现得更为淋漓尽致。"后口语"

诗学也会在本次"伊曹之争"中更加清晰明确地浮现出来，后口语诗在文本创作上实践了三十年，冒出先锋性理论就在情理之中。

口语诗从出现的那天起，铁肩上就担起在现代诗中重塑人的自由、价值和尊严的诗歌使命。倡导身体性、人性的自然、积极入世、明澈赤诚、态度鲜明的积极性诗学元素，这些诗学观就是口语诗对古典诗学中消极元素的强烈矫正。被传统道德、文化心理、观念认知等律条捆绑践踏的每个卑微的小生命都在口语诗中给予发现，给予基本的爱和尊重。在外表上，你看到了口语诗狂飙突进、大刀阔斧革新的"前口语"时期，这里存在泥沙俱下的情形，不思进取盲人摸象的读者和评论家以为那就是口语诗的全貌。也正因为在21世纪初"众神狂欢"的氛围中，口语诗在官方政治抒情体，学院知识分子翻译体，老朦胧哑火，第三代找不到归来的路，文艺青年的浪漫主义浅抒情中异军突起。

倡导身体在场的写作，强调诗歌意识从身体出发，给身体松绑，刺激生命力生长。人的一切生理需求、本能欲望在口语诗人这里得到公平合理及科学的对待。终于，我们在现代诗歌中看到了吃喝拉撒，看到了裸露的天体。强奸犯、吸毒者、阳痿患者、杀人犯、性工作者、同性恋等等心理有疾病的人，首次在诗歌中获得"人"的权利，是口语诗把他们从阴暗角落里推了出来，在诗歌里获得基本的关注和人性的关照、揭示、呈现和反思。古典诗歌中这些东西是被遮蔽的，一句"人渣妖孽、牛鬼蛇神"，统统拉到诗学的火葬场活活烧掉，凌迟 3600 刀。

口语诗学对被传统和道德钳制关押的部分进行了某种"肆无忌惮"地释放，这种释放在"前口语"时期就表现为"解构"特征，但在重要后口语诗人身上，呈现出解构和结构同时进行的显著特征，时至今日，这种释放远远没有完成。在"前口语"诗时期，释放更多地表现为"展示"和"呈现"，"下半身写作"在这个向度上力度最大，对大众的审美挑战最强的同时反遭到了更重的道德回击。这种释放是一种世界文明性的、先锋性的呈现和反思，是一种更具人道主义的人文关怀，尤其在一个"道德压迫"变成一种文化心理束缚异常沉重的国家。官方诗人骂口语诗人是另一回事，不在体制内的诗人、非口语诗人骂口语诗你就是纯粹的无知无耻，从心智到诗艺上都是智障型的无知无耻。我还纳闷的是，在小说和电影中可以表现的突破传统的元素以及人和事，一进入诗歌，傻逼就跳出来进行道德指责了，多少骂口语诗的看到小说和电影中涉及强奸犯、吸毒者、阳痿患者、杀人犯、性工作者、同性恋等等的就捂上眼睛跳过啦？——在你淫邪低下的审美中，嗅着荷尔蒙的气味就扑上去了——一到诗歌就不行了，就破口大骂。"五四"以来，小说在鲁迅的手中一下就回到了聚焦普通人的"日常"，诗歌还在云里雾里绕，在"前口语"时期重要口语诗人韩东、于坚等诗人的不断创作实践中，口语诗开始向"回到日常"努力——"前口语"时期的努力并没有达到诗学革新的目标。21 世纪以来，口语诗歌在"60"后诗人伊沙、徐江、侯马、唐欣、君儿等人的创作实践和诗学探索中，回到日常越来越表现得从容不迫和创作实践的成熟。尤其伊沙，在创作实践和理论贡献上都成了口语诗的中兴者、一代宗师。

在"后口语"时期，这种看似"肆无忌惮"地释放不再是简单的"展示"和"呈现"，增加了人性的反思和关照以及科学和理性的诗意色彩，这就进一步突破了"口语文本"而迈向了口语诗人的"人本"建构——后口语诗人在这里发现了传统，"功夫在诗外"的传统。从来没有一个人或者流派把"功夫在诗外"说得这么透彻："口语诗的气味关乎人生、人性、人味"（伊沙《口语诗论语》）、"口语诗是一种世界观"（西毒何殇语）、"诗歌让我们成为更好的人"（沈浩波诗句）、"我相信有天使在我头顶飞翔"（徐江诗句）等等在口语诗人内部获得高度赞扬和认可的观念。曹谁之流高喊运动口号的诗人只看到口语诗"解构"中释放的现象，随即就挥起廉价的"道德"大棒，站在道德高地上作游街式的攻击，而无法从艺术素养的深处去发现伴随口语诗人的"解构"过程因此"重建"起来的人文性关怀。因而本次"曹伊论争"的实质就变成了一种反现代诗文明的暴力对秉持民间立场的后现代诗歌文明的无耻而无效的围攻，一群苍蝇在"诗歌流派网"的恶心江湖思维中的喧嚣。

后口语诗的平民主义诗学价值观

在经历了大刀阔斧、粗放式狂飙突进的"前口语"时期后，以《新世纪诗典》为显著标志的"后口语"时期到来。与此对应的是外部环境的变化，相比于20世纪80年代和90年代，社会变得更细了，后口语诗歌也从更细微处去加强对文本的打磨和建设。后口语诗歌反复在强调"回到日常"，写作要过日常关，"新世纪诗典"主持人伊沙也在评点诗歌的时候反复强调，甚至成了评价一个口语诗人是否成熟的铁尺子。

从技术上讲，回到日常就是诗人怎样在常态化的日常生活中于无诗意之处发现诗意，这就对"人本"、诗外的功夫提出了要求。后口语诗歌强调"回到日常"绝对不只是技术活，在诗理上"回到日常"一定程度就是回到平民主义的诗学价值观。文学中的平民主义首倡者是"五四"时期的周作人，对于被权力和财富两种价值观裹挟的世俗价值观是有力的矫正。平民主义诗学尊重普通人的世俗生活，强调个人的创造力，突出个人的价值，反对精英和拒绝以牺牲普通民众的现实利益来实现社会的进步，肯定人的现实成就和生存快乐，诗人以诗歌的力量来为人创造平民主义价值的一种诗学理想。后口语诗强调日常地遇上平民主义价值观，所以我们不但在后口语诗中发现了人间烟火缭绕下的人民（普通人、在国家面前微小的个体）、生民，而且发现了性工作者、同性恋等等心理有疾病的生民。"五四"时期小说取得正统文学地位，从引车卖浆之流一下跃升到文学中的第一把交椅，官方看重小说的"教化"作用，而小说本身也在一代宗师鲁迅的手中开始并成熟，从脱离现实日常的取材和表现中回到了普通日常人物的存在和生存呈现及人文关注；反观诗歌，从绝对主流的位置一降再降，降到不能再降，诗歌本身并没有出现类似于小说中的鲁迅那样的诗人为诗歌的改造做出贡献——无论是胡适、郭沫若、闻一多还是别的诗人，更年轻的艾青出现了一点曙光还是没有到位，食指、北岛依然没有到位，海子、西川没有到位，韩东、于坚又往前迈了一步，没有继续深挖（尤其理论贡献浅尝辄止），好像在等待伊沙出现，伊沙就出现了——说出来让前面提到的诗人不服气，但就是这么回事。后口语诗歌在创作实践和理论贡献上都为"回到日常"的平民主义文学观得到确认并大放异彩。饱受指责的后口语诗人一直远离在文学舞台的聚光灯下，笔耕不辍地写着为天地立心、为生民立命的诗歌，这么一分析，与大众眼中欲除之而后快的事实完全相反，后口语诗人才是最高级的爱国主义者。

对口语诗的攻击者中，很多就是后口语诗中给于表现和人文关怀的卑微的个体，同时也有因诗歌质量达不到"新诗典"要求不能入选而心怀怨愤之人，蘸人血馒头者和狭隘的仇恨者合流了，对口语的攻击者，大抵就是拿馒头蘸革命者人血的人，曹谁之流。也正是因为后口语诗人率先回到日常，遇到平民主义并丰富了"后口语"诗学，口语诗人们面对近四十年来中国社会大变革中出现的现象有了"诗歌再现"的能力，书面语诗人哪去了？他们面对这个大变革显得呆头呆脑，麻木不仁，无从表现，你无法在一个书面语诗人的诗中清晰完整地看到这种变革下作为个体的诗人的发现、"人的具体存在"、疼痛和欢乐。"回到日常"的后口语诗有了消化这个社会种种世相的胃口，有了"表达再现"的能力。

后口语诗是一种后现代的人道主义先锋诗歌

后口语诗歌是一种与人道主义、后现代主义在艺术精神内核上相通的以人为本的诗歌。人道主义起源于欧洲文艺复兴时期，提倡关怀人、爱护人、尊重人，做到以人为本、以人为中心的世界观,后来又把内涵具体化为"自由""平等""博爱"等。强调以个人为着眼点，每一个人是一个独立的实体，尊重个人的平等和自由权利，承认人的价值和尊严，把人当作人看待，而不把人看作人的工具。倡导理性价值、自由探索的价值、个人尊严的价值、平等捍卫自由的理想和怀疑主义的价值。人的高贵和尊严是人道主义的核心，人道主义反对贬损个人、压制自由，愚弄智识，或非人化的信条——这些有益的成分统统在后口语诗"回到日常"的倡导中得到借鉴和吸收，对粗鄙僵化的书面语诗歌和前期部分粗陋的口语诗歌做出了精神内核上的矫正。所以当《新世纪诗典》第一季、第二季出版的时候，有人惊呼，怎么口语诗也可以如此精致？真是大惊小怪。从早期口语诗"身体在场"的诗学主张开始，口语诗歌就具备了人道主义的价值。

在《后口语诗学：从身体在场到事实的诗意的几个关键词》中我谈到"口语形式的自由和后现代诗歌精神内核不谋而合"：20世纪60年代，西方出现了具有反近现代体系哲学倾向的后现代主义，其本质的特征是"人的自由精神"——后现代主义"无情"地批判和解构剥夺人的主体性和感觉丰富性的整体性、中心性、同一性等思维方式，通过新的价值取向与传统伦理道德观念发生决裂，反映现代生活中的情感享受、物质追求和底层人们生活的合理性，更趋向于人本主义的描写，追求人的平等。后口语诗把存在主义文学、荒诞派戏剧、新小说派、"黑色幽默派"、魔幻现实主义文学敲骨吸髓，吸取其养分。在文本创作上，《新世纪诗典》近8年的推选，其中大部分的后口语诗你都能找到存在主义文学、荒诞派戏剧、新小说派、"黑色幽默派"及魔幻现实主义的影子，不仅如此，还生出了超越上述种种之外的中国的诗歌经验，在这个过程中复活了诗歌大国的传统。

到"后口语"时期，"回到日常"诗学建设，口语诗在理论和实践上都撵上了先进诗歌的步伐，生出中国的诗歌经验，复活了诗歌大国传统，国外诗歌评论界把推动口语诗发展的灵魂诗人伊沙评价为"他推动了中国诗歌的民主化"，你以为是你小山头上的几弟兄信口开河地碰杯封王？什么是诗歌的民主化？非口语诗人还在"群众路线"的政治术语的水平线下，口语诗歌早就萧萧班马鸣，一骑绝尘。我捏着鼻子看完曹谁的《大诗主义宣言》，差点给我笑得吐出来，先锋跟非口语无关，该干吗干吗去。后口语诗从形式上解放了中国诗歌，从美学价值上追上了世界步伐，我称之为这是当代中国最伟大的一场诗学变革。

2018 年 10 月 8 日于云南丽江

韩敬源

后口语诗学：后口语诗自带先锋性

以攻击伊沙和口语诗的"曹伊论争"进一步暴露了中国当代诗歌恶劣的发展环境，尤其论战的对方，打着诗歌论争的名义干着刷大字报的恶心勾当，名利权谋驱使下与诗歌发展无关的下作表演。如果"诗歌流派网"精心策划的阴谋得逞，伊沙和口语诗人真在本次论争中被污名化、被打倒，那么中国当代诗歌的发展至少倒退半个世纪。曹谁博客上刷出来的大字报式的文章暴露出非常大的一部分诗歌群氓的存在，大部分诗歌读者和爱好者在对现代诗的认识上处在非常低端的水平。尤其对现代性表现突出的后口语诗歌，完全摸不着门道在哪，所谓论争也就只能是政治口号的叫嚣、情绪化的宣泄和漫骂。有鉴于此，后口语诗人有必要对理论进行建设和阐释。

从严肃诗学的基本常识说起，理解后口语诗的先锋性

中国诗学是一种"生成性诗学"而不是更为严谨的"逻辑性诗学"，这也是中国诗学与西方诗学在学术研究和创作实践上的显著差别。当西方的逻辑性诗学引入中国后，出现了诗人理论家在创作实践中从生成性诗学的角度进行诗学创新，而学者从逻辑性诗学远离创作实践的学术角度对诗歌理论做出归纳的分离状况。而更为广大的爱诗群体通常置诗学基本常识于不顾而乱搞，本次刷大字报的一方显示出其在理论素养上无知无耻的流氓嘴脸。

美国普林斯顿大学教授、"比较诗学"的研究者厄尔·迈纳在研究诗歌时提出过一个有效的模式，在他的研究模式中，有些观点对我们有启发意义。他说："没有文本（text），作者创作的作品（word）就没有依据，读者之诗（readers' poems）就无以产生"，"读者如果没法理解文本的语言，诗也就不存在"。在此基础上，厄尔·迈纳提出了诗人（poet）、作品（Word）、文本（text）、诗（poem）、读者（reader）这个解读诗歌的"两端都是人"的模式。以西方"逻辑性诗学"为参考，我们可以看出一些问题：政治口号的叫嚣、情绪化宣泄和谩骂的曹营众人不具备基本的诗学素养。读者能直观看到的口语诗歌文本是物质化的符号，在这些符号的结构中承载着口语诗人对"世界"和"生活"的情感而形成作品（Word），论争者必须对文本做出准确地提取和解读才能构成有诗学意义的争论，而不是溢出诗外进行宣泄和谩骂。口语诗人在结构文本的过程中，使用了一种更为自由的口语符号系统，在"前口语"时期韩东提出的"诗到语言为止"就是口语作为诗歌语言符号系统在修辞僵尸环伺的"前口语"时期对语言工具的强化和强调，而于坚提出的"拒绝隐喻"就是口语诗从修辞学的角度去对抗抒情诗的过度修辞。而在"后口语"时期，伊沙说"口语像流水、词语像结石"，是口语"人本"与"文本"实现天然一致性的深度挖掘，是对后口语从外在的符号系统延伸至内在的产生"诗"的身体和心灵的强调。伊沙从创作实践中得出的诗论还暗合语言的"历时性"和"共时性"特征，口语诗"日常的革新者"吸纳一切表现形式的语言是对语言历时性（不同时期语言承上启下连续发展的特性）的暗合，更具自由意识的口语写作与互联网新媒体发表载体的时代特征结合，从最大的程度上吸纳了多民族，多种语言（特指方言）下的语言的共时性（同一时期多种语言形态共同存在的语言特性）特征。一种诗歌表达语言（符号系统）同时最大限度地具备了诗歌表达材料（语言）上的两种巨大的特点，口语诗表达的自由度和呈现当下复杂社会生活的巨大胃口就是这么强大，可不是信口开河的。没有对口语诗表达符号特征进行深入研究就开口谩骂的人，不是垃圾盲流还能是什么？

伊沙在《口语诗论语》中说："真实而自然，是口语诗的基本方向和最高境界。""好的口语诗对作者是有要求的——要求作者首先要活明白，其次要写明白。"这是对诗人（poet）、作品（Word）、文本（text）、诗（poem）都提出了要求，口语诗首先强调"人本"（诗外功夫），"真实而自然"比挂在嘴上的大词"自由"更具体形象，更及物；"活明白"强调积极入世和人的智慧以及"三观"；"写明白"强调文本呈现中的表达和作品呈现中的"诗性"。这些理论言简而意赅，对比传统抒情诗学，"后口语"诗学把重点前置，强调"人本"（诗外功夫），当传统抒情诗人（包含了意象诗人）还在讨论"文本"上的十八般武艺，口语诗人已经在讨论十八般武艺中人的基本素养和天然的诗性。从大脑中取糨糊刷大字报的曹营僵尸哪儿懂这个。东方诗学是"生成性诗学"，需要"智慧"，所以当有智慧的诗人在创作实践中发现了更现代性的诗学，就会呈现出对其高度的一致赞同性，这就是你们看到的后口语诗人为什么奉伊沙为灵魂诗人的外在特征。

考察西方诗学，你会发现后口语诗人从创作实践出发产生的诗观在实践上与西方严谨的"逻辑性诗学"中突出"人"的诗学有种质地不同的不谋而合，这也就是我说的这是一场深刻而静悄悄的文学革新运动，发生在日常之中，"口语诗人是日常的革新者"（伊沙语）。这次"曹伊论争"是这场诗学革新运动中擦出来的一个小火花。有没有更大的论战？取决于口语诗的论敌是否有能力对非口语诗进行革新。口语诗在表达符号系统上就自带先锋性，在中国的环境中，谁先锋脑残就先骂谁，受到攻击、谩骂是常态，这次论争就是一个鲜活的例证。这些常识性的诗学问题建议垃圾们静下心来仔细揣摩，不要总以流氓的蠢相刷大字报的文章，好歹从诗学的内部提出点不要让人耻笑的疑问来。

伊沙为中国诗歌做出民主化贡献的诗学原理与后口语诗的先锋性天然暗合

有人会以为老书虫文学节对伊沙的这个评价是纯粹诗歌活动的现象性和指称性评价，那就肤浅了。厄尔·迈纳提出的观点可以帮助我们完成梳理，他说："我发现关于文学生产者的五种简略的观点中暗含着对文学本质的不同看法……认为悲剧乃雅典男性公民在全国大赛中的作品，这一希腊人的观点认为是由精选的男性汉族文人和皇室成员加上少许其他人所创作这一中国人的传统观点；认为每个人（不论男女，包括不识字的人）都能创作这一早期观点；认为可能是由男性贵族以及受到庇护的男性作家所作这一西方文艺复兴时期的观点；认为每个人（无论男女）都可以尝试但写得最为成功的却是职业作家（不管可能受到社会的何种赞助）这一流行于现代西方的观点。"这段话很有意思，在诗学观上，伊沙说："不接受口语诗者，无法真正过现代诗这一关。""有了口语诗，中国诗歌的当代性才落到体例，中国诗歌的现代性才得以真正地确立。"各位看官，发现什么没有？

中国口语诗人的诗学观念和西方的现代文学观终于在内涵上有了一致性。负面表现之一为"大诗主义者"、攻击口语诗碎片化、空心化、平面化的人试图把诗歌拉回到精英和"少数人"把持的艺术上来。在表达上强调口语诗门槛低和非口语诗语言的典范性都是过时的玩意。更为现代性的观念是，把"表达的自由"推向大众。所以当有人看到口语诗时大声惊呼："这也是诗？我能一天写一百首"时，这些狂妄者怀揣一个虚妄的传统心理构筑起来的莫名其妙的"标准"喷出了自己的无知。一是不能从宏观的文学原理、诗学观上对更具现代性的诗歌美学意识做出认知反应；二是不知不觉中对给予其"表达可能"和更大表达自由度的口语诗进行无脑的蔑视和中伤。至于体制中的诗人以及理论者（官方各级文联、作协、高校社科研究机构、官方诗刊中的诗人和理论者），还包括在市场的温水中慢慢失去诗歌张力的过气诗人，在非诗的社会因素对诗歌的绑架中享受着绑架者反哺的汁液昏昏沉沉地散失了思考和革新的能力。幸好有口语诗，不然中国诗歌在世界诗歌的舞台上彻底沦为小学生。老书虫文学节对伊沙的这个评价不是某些人想象的"意识形态范畴内的提法"这种粗糙的"江湖思维"，人家是站在一种更宽阔更现代性的眼光上对中国口语诗歌中的文学思想和诗学思想的一种价值认可，也就是说以伊沙为灵魂诗人的后口语诗歌的出现，让中国诗歌跟上了世界诗歌的步伐。

伊沙主编《中国口语诗选》《现代诗经》，撰写《口语诗论语》，主持推荐《新世纪诗典》，在具体实践行动中与"每个人（无论男女）都可以尝试但写得最为成功的却是职业作家（不管可能受到社会的何种赞助）这一流行于现代西方的观点"天然地暗合，同时对这种现代性的文学观（诗观）做出了巨大的扩充。有心人可以去统计一下《新世纪诗典》中推出的诗人的职业，三百六十行，每一行都有。学者、教师就不用提了，他们是《新世纪诗典》诗人中的主体，医生、农民、警察、法官、司机、现役军人、记者、编辑、自由职业者、性工作者、老板、普通职员、政府官员等等，汉族为主体多民族诗人参与的民族构成，一种开放而平等的诗学观念在具体行动中呈现，在《新世纪诗典》这个诗歌创作实践展示的平台上推出。不只在创作上，在传播学上，后口语诗歌也倡导平民主义观，唯作品质量的优秀程度为选择的标准而推出。"最优秀的口语诗人，一定是骨子里的平民主义者，满脑子精英意识是玩不转口语诗的。没有平民主义，就没有口语诗。"（选自伊沙《口语诗论语》）。颇为悲哀的是，此次攻击伊沙和口语诗的就是来自这"平民"间的野蛮蒙昧的力量，甚至是入选过《新世纪诗典》的诗人，那些满脑子"江湖思维"式的拉低中国现代诗水平的傻子。

从诗学基本原理看，更具自由意志的口语诗歌从外在的表达形态到内在的诗学精神都在当下的环境中显得格格不入，伊沙就是为中国诗歌做出民主化贡献的伟大诗人。

口语诗在文本呈现时的"叙述"为什么是一种先锋性的表达形态

厄尔·迈纳把东方诗学归结为"情感—表现"诗学，同时他在自己的"平行研究"诗学视觉下认为"事实优先"是东亚文学观念中的主要特征，中国的批评家们会从一首"虚构"的抒情诗中千方百计地找到事实的成分。这听起来有点矛盾，这是东方"生成性诗学"系统中带来的问题。从文本整体特征来看，叙事诗在中国诗歌的发展中从来是处在弱势地位，中国诗人并没有把"叙述"这一重要表现手法在诗歌表达中的特点进行认真的思考和深度地实践——这几乎构成了中国诗人迈不过去的"坎"。

伊沙在《口语诗论语》中说："请注意：口语诗人只说'叙述'而不说'叙事'，因为'叙述'是口语诗的天生丽质，'叙事'是抒情诗走到穷途末路后的紧急输血。在一首口语诗中，'叙述'不是工具，它可以精彩自呈。"各位看官，后口语诗人一步跨过这道"坎"并飞向更远的地方。伊沙的论述对中国现代诗学中的弊端是一针见血的。当传统抒情诗人还在讨论叙事在诗歌中的特点和表现效果时，后口语诗人已经在做口语诗歌中的"叙述"与"现代性、后现代性"在精神上的结合。传统抒情诗人在抒情的道路上也发现了自己的弊端，远离社会生活的传统抒情越走越狭隘，呈现出失血过多的苍白，向小说的叙事借力希望注入新元素，但写作实践堪忧，他们要再往前走，一定会发现后口语诗回到日常的"叙述"。远离日常的抒情看起来高大上（大诗主义者的图谋），实际上在后现代性越来越突出的社会现实中，他们的表现能力越来越捉襟见肘。现代生活中社会提供给"诗"的信息电流般飞速而过，诗歌的流动性必须跟上。引进西方叙事翻译体诗歌又在农耕文明基础上建立的中国现代抒情诗依然在内核上图谋叙事的"稳定性"，不是找死吗？你表现不出当代人最真实的生存和立体多变的情感，要你何用？更新的艺术形式完全可以取代落后的抒情形式。一种诗歌不在形式上自我革新并跟上时代，你就等着像垃圾一样被扔掉。在表现复杂快捷、形态多变的社会现实上，口语诗歌有着得天独厚的便利。人的日常生活同样随着新技术、新事物、新思维的出现变得更为细致和复杂，远离存在的日常事实，诗歌的抒写才真的空心化。

"叙事"强调的重点在"事"，受叙事学影响，叙事的诗人总想在叙事中升华和提炼主题及意义；"叙述"强调的重点是"人"，口语诗人不遵循叙事的规则去穷尽事理，而是在冷抒情和暗抒情的驱动下发现一个钻石般的叙述碎片，形象精准地截下来，为"人"而用，为"抒情"而用，"精彩自呈"。优秀的口语诗人可以用一个"叙述"就打开一个宽阔立体的"空间"，也可以截取几个叙述片段，共同组成纷繁的强大事实，生出碎片之间构成的张力，形成更为深邃的诗意。比起意象诗人在词与词之间痛苦地"推敲"，又推又敲，再推再敲，后口语诗人把意象诗人的"词"放大为"叙述的碎片"，天然性、自由度比传统意象诗高多了，何其高明。所以在创作实践中，我们经常看到一个口语诗人突然冒出一首好得要命的意象诗，就一点也不为奇怪了。

后口语诗歌在内在的诗学道路上既不同于传统的"情感—表现"抒情诗，也不同于改造过的叙事诗，不但吸纳和强化传统抒情诗"抒情的本质"（后口语诗经常以冷抒情、暗抒情的特点出现），而且用"精彩自呈"的叙述抵达事实中"人本到文本天然合一"的事实的诗意。

　　后口语诗人在"精彩自呈"的叙述中回到日常,带来更为鲜活的诗歌现场、灵动鲜活的诗歌形象,囊括时代现象和时代中人的生存世相,其碎片化的截取就像在后现代的大海中准确捞起那些隐匿的宝石。在上一篇《后口语诗学:攻击后口语诗是段子的诗人都有一颗麻木而无趣的灵魂》中,我只谈到了后口语诗歌给中国诗歌带来的"幽默欢乐"的健康元素,徐江在点评李岩的入典诗《妇产科》时说:"面对捧腹的效果,估计落伍者又要举起'段子说'了,问题是——曲艺里的段子说只要效果,文学里口语的情境却要有社会的景深。"这一下点醒了我,对口语诗出现的"作品"(诗人之诗)与"诗"(读者之诗)之间的认知裂痕,从创作实践上看就是诗观差别,先进与落后之争;从学理上看就是"叙述"效果与读者解读之间的问题:读者解读能力受文化心理、观念、素养、审美等等的制约,"社会的景深"也就是"活明白"的问题,对活得稀里糊涂的刷大字报的诗歌群氓讲口语诗理无异于对牛弹琴。只想再说一句的是:"后口语"诗学也是典型的"生成性诗学",后口语诗人是"日常的革新者",其理论也建立在实践中出现的优质文本上,每天都在生长,这是一种有强大生命力的诗歌和活着的理论。曹营惨败,让意犹未尽的口语战士有点高估"敌人"的落空,即便我们从理论性、逻辑性更强的诗人(poet)、作品(word)、文本(text)、诗(poem)、读者(reader)这些解读诗歌的"两端都是人"的模式中也能读出:末端的读者曹营一方(攻击者)咋就这么不是人呢?

2018 年 11 月 4 日于云南丽江

赵立宏

口语诗人为何要战斗

1. "口语诗"的命名是从 20 世纪 80 年代初，对中文诗歌中出现的口语化、个人化、平民化和日常化写作风格自然抽离出来的约定俗成的叫法。如伊沙在《口语诗论语》中所说："这个集体命名一直强大的存在着，不管你诗歌论理界认不认，大家在口头始终这么叫着。"它是诗歌艺术内外革新的必然结果，天然具备合法性。

2. 对"口语诗"的命名，单纯从命名本身做一些概念或学究上的质疑毫无意义，这个命名首先必须深入到中文诗歌发展与流变的大脉络中，它是时代自由革新及启蒙精神在诗歌艺术上的集中体现。

3. 和任何一门艺术形式一样，口语诗歌也是由一代又一代优秀诗人和代表人物来推动的。在口语诗发展上的重要人物，必须在诗歌史上得到公平公正的对待和评价。王小龙（开创者）——"第三代诗人"口语化写作者中的重要代表人物（发展者）——伊沙（中兴者）及口语诗代表诗人王有尾和西毒何殇以"英雄榜"的形式梳理出的口语诗代表人物，这是中文口语诗歌写作在代表人物上的"红色走廊"。

4. 伊沙不仅仅是现当代中文诗歌中最重要的代表人物，而且是口语诗歌的一代宗师与里程碑式的领袖人物。口语诗在伊沙这里，体现了无与伦比的生命活力和惊人的创造力，创作出了大量杰出的经典文本、建立了口语诗的基本理论体系与框架、梳理出了口语诗发展的基本脉络、自觉推动了口语诗歌写作由"前口语"向"后口语"转变、以《世纪诗典》和《新世纪诗典》为平台全面中兴口语诗歌写作、主编了第一部口语诗选和第一部口语诗年鉴，而且这一趋势还在持续，并强有力地演化和推进中。

5. 口语与书面语不是对立的关系，口语是高于书面语存在的表达维度，口语对应的是人最基本的日常生活形式和人类的本质存在。口语可以包容、消化和丰富书面语，促进汉语的成熟，提高汉语的表达能力和语言的再生能力。

6. 从古典诗歌、新诗等非口语诗歌到前口语诗，再到后口语诗。从文明发展的基础语境来看，大致对应的是乡村农耕文明到城市工业文明，再到互联网全球化时代的后工业科技文明；从个人内在意识及人的角度看，对应的是个体自我创造表达，到独立人格个性发展，再到自我灵魂的自由自觉建构。这三个阶段，从空间上来讲，共生于当下，但从时间进化演化的角度来看，下一个阶段是涵盖包容上一个阶段的存在，这也是口语诗歌写作为什么是先锋写作最深处的缘由。

7. 在即将进入 21 世纪的第三个 10 年，新诗百年之后的 2018 年秋天，对诗坛来说是个"多事之秋"，非口语诗人对口语诗写作率先发难，挑起"反伊大战"和"口语诗论战"。对口语诗来说，却打了个漂亮的反击歼灭战，在诗歌史上，其意义不亚于1986"两报诗歌大展"和世纪之交的"盘峰论争"。这场论战首次吹响了口语诗人的"集结号"，口语诗在文本、理论与诗人三个层面，第一次得到"三位一体"的全面展示和出场。这次"口语诗论战"在完全不同以往的政治、经济、文化语境中发生，对中国当代和后现代文学艺术发展会形成重大的影响和外溢意义。

8. 这次"口语诗论战"，对口语诗和后口语诗的看法和"论争"，在有些诗人那里，不是诗歌美学观念上的分歧。尤其是在一些"非口语诗人"那里，写诗、读诗依然沉浸在古典美学和20世纪50至70年代的集体美学中，甚至与诗歌观念和诗学论争没有关系。而是人性和认识论上的，是个人意识发展阶段水平的巨大差距造成的。

9. 绝大多数口语诗代表诗人都经历过抒情诗、意象诗，甚至古体诗歌的写作。这个启示的意义：在个体生命创造和艺术表达的自觉追求中，体现了口语诗写作的先进性和自由度，这恰恰是人身体、心理和灵魂朝向自由之境的必然需求。

10. 如果说前口语诗歌，一些理论家、批评家还有能力对文本去诠释、解读和上升到建构理论的能力，那么在进入后口语诗或面对后口语诗歌文本时，绝大多数都会有失语的困境。这也为什么是口语诗歌的理论创新、建构和完善，必然是由写作实践者口语诗人本身来完成的。

11. 作为后现代文本的口语诗歌，对读者的审美是有要求的，它首先要求对现代诗歌有审美储备和基本素养。口语诗歌看似简洁透明，无阅读障碍，但它首先要求读者和诗人一样是一个现代人，体会到现代人生活的复杂性、荒谬性和多样性，经历时代政治、经济、文化和精神生活的重要变革，与诗人一起站在当下的生存空间中去同频共振。

12. 在 20 世纪 80 年代"两报诗歌大展"中推出的 64 个"流派"和"主义"的写作，虽然有人在理论上依然在咬牙坚持，但在文本的实践上，实质上早已与"指导理论"全部脱节和消亡。至今，在诗歌写作中，仍然不断有人创流派、搞主义、"竖大旗"，但只有"口语"作为中文诗歌整体普遍的气质留了下来，只有口语诗在狂飙突进。可见口语诗已不是一种风格，更不是一种写作策略，它是超越主义和流派的，可以说是口语诗终结和整合了诗歌上的"流派"和"主义"，这是后现代的"残酷性"。

13. 一个优秀的口语诗人必然是一个合格的现代人，具备公民和现代文明意识，具备灵性意识和心灵上的探求精神，甚至是宇宙意识。一个优秀的口语诗人必须面对全球化语境中的政治、经济、文化、宗教和科技等社会诸多存在、问题及现象，有自己独立的思考和判断，自己的价值观必须与人类文明的进步相向而行。

14. 伊沙在口语诗写作上"事实的诗意"的提出，是现代中文诗歌写作最重要的理论成果，标志着口语诗歌有了自己的理论基础，围绕这一重要理论成果需要不断地去论述、深化和完善。"事实的诗意"不仅是口语诗写作和阅读的"方法论"，而且也是区分"前口语"和"后口语"文本的理论依据。

15. 个人所经历的"事实"或"事件"进入诗歌，一方面意味着诗人已有先验的信念和价值取向；另一方面，显示了这一"事实"和"事件"在当下对诗人的冲击力，也就是"事实"和"事件"本身的意义，这个意义是有机统一的，它是在更广大的当下社会现实生活中生成的，是结构的、整体的象征和"整体的诗意"。

16. 口语诗是叙述的艺术。对口语诗的诠释、理解和欣赏，从专业的角度讲，它需要运用叙述学、结构主义、解构主义、整合心理学、语境主义、符号学等新兴的现代和后现代主义的方法理论来对文本进行分析。而口语诗的出现在学术上与艺术形式上还有一个重大的意义，就是叙事学对文本的分析，在文学中由原来的单一对小说的分析，转移到了对诗歌文本的分析，也就是口语诗的出现为叙事学和一般叙述学提供了"元文本"。

17. 在现代和后现代语境中，写作何为？写作的边界在哪里？写作在这个时代的重要性，已超过任何一个时代。人们在互联网时代，普遍发短信、微博、微信、邮件，做当下即时的互动交流，都是广义的写作。这就是口语诗和中文诗歌的现实语境，这就需要重新考虑诗歌的门槛，口语诗在这种后现代的土壤中必然会繁荣起来的。这样说，并不是口语诗无门槛、难度低，要想成为一位优秀的口语诗人，还必须进行大量而广泛的中外诗歌阅读，长时间勤勉甚至高强度的日常写作，才可以抵达口语诗写作的自由之境。

18. 从语态句法上分析，中国古典文学中有散文句法和诗歌句法两种。散文句法是严谨的，而诗歌句法是相对随意，可以添加语气助词，偏向口语的。这也是为什么很多诗人说到口语诗，就要到古典诗词中找源头和例证的原因。但我们现在谈论的口语诗是白话文运动之后，回归日常和当下的口语诗，是 21 世纪的口语诗。

19. 在口语诗歌写作中简洁和准确是它重要的美德，当日常语言能够生动清晰地呈现"事实"时，一首口语诗歌就是成功的，事实在进入诗歌之前就是世界的真相，在进入诗歌之后，也是诗人心灵的"事件"和实相。口语诗歌还有其他的美德，它有能力更好的处理抒情、意象、象征和超现实的能力。

20. 语言的边界，在口语诗这里并非是诗歌的边界。口语诗从绝对意义上讲是没有边界的，口语诗的边界是口语诗人生活、思想和心灵深度及广度的界限。口语诗歌从诗人的现实生活角度讲，是有生活成本的，个人和群体的事件是如何形成的，口语诗就会如何形成。口语诗人创造自己生活的同时，也在过自己的诗生活。

21. 伊沙不只是陶发美说的是中文诗歌的一个要点，而是在中文诗歌甚至世界诗歌范围内都是一个标志性、决定性和里程碑意义的存在。他在中文诗歌中受到的攻击、谩骂、不公正的对待和评价，在世界诗歌史中也是绝无仅有的。与俄苏"白银时代"的阿赫玛托娃、茨维塔耶娃、曼德尔施塔姆、帕斯捷尔纳克等伟大诗人不同的是，这些诗人都是受到体制和集权统治的迫害，而伊沙更多受到的是来自诗歌观念落后的同行与"民间"的非议与人身攻击。这是一个非常值得研究的现象，这不只是诗歌内部美学观念的对峙与分歧，更多的是人性和国民劣根性所致，是中国式的"群氓现象"。

22. 伊沙在中文口语诗歌的领导地位和重要性，是在长期的先锋诗歌写作和斗争实践中形成的，他是中文诗歌中最具"大乘精神"的写作者和建设者。团结在他周围的都是最优秀的当代中文诗人们，在独立、专业、先锋、民间、自由、启蒙的时代诗歌精神感召下，形成了一个价值命运共同体的族群身份，并非是一些人所说的"人身依附"。

23. 即使是有十几亿人在使用汉语，但在世界文化传播的大范围中，汉语仍然是"少数民族语言"，汉语相对于印欧语系，其科学领域的语言和哲学宗教领域的语言表达最弱，但日常生活中的语言和诗性表达最为发达。这样口语诗可以发挥汉语的优点和美质，使本土写作表达中国经验的语言现象学基础。

24. 口语诗歌尤其是后口语诗，在诗人这里基本弥合了诗歌艺术和日常生活的分隔与"鸿沟"。口语诗歌的发展与繁荣，并不是为了人人都可以成为诗人，它是诗人在日常生活世界中感受、觉知、情绪、情感、心理、经验、思想等内在心灵在语言层面最自由的表达。因此，一首口语诗，传递的是情感流、意义流、感觉流和信息流。

25. 口语诗人是对生活和自我存在有敏锐觉察力、感受力和生活力的人，如何生活如何写诗，因此，如伊沙所说是"活出来的诗"。口语诗歌在口语诗人这里就是人生的一种"修行"，诗歌在呈现日常生活的同时，还在参与建构诗人在日常生活本身中精神和物质的"个体再生产"，最终通过诗歌达到认识自我和完善自我的目的。这也是沈浩波说的："诗歌让我们成为更好的人"。

26. 一首口语诗中的"事实"和"事件"相对于整体的存在来说，是"碎片化"的，但绝不是"平面化"的，每一个"事实"和"事件"都有其内在存在的深度，都可以反映时代的社会结构和集体的"心灵气候"，对"事实"和"事件"的解读，也取决于读者的主观深度，那些随意下结论评价一首好口语诗歌是"口水诗"的人，根本上来说是缺乏存在感或缺乏接纳多元价值观念的人。

27. 当我们谈论一首口语诗和一位口语诗人时，一定是指一首好口语诗和一位好口语诗人。一首口语诗的习作或半成品，一定不在谈论和品评的范围，所以不要随口说一首口语诗是"口水诗"，一位严谨的诗人或评论家，不应该轻易就去嘲笑或否定口语诗，更不应该动不动就拿口语诗说事。

28. 不是说口语诗歌不能批评，首先口语诗需要来自同行的包容、鼓励和肯定，需要有建设性的意见。消灭口语诗，打倒伊沙、打倒口语诗的重要代表诗人，只能造成诗歌艺术的"空心化"，绝不能带来诗歌的繁荣。在任何一门艺术形式的发展史中，被打压的、被否定的、被非议的，实践证明往往都是艺术创新和先锋的部分，口语诗也在一直拓展诗歌和语言的边界。

29. 口语诗歌的出现、发展、壮大和繁荣，不仅仅是诗歌艺术内部的一场革命，它有社会和人存在与行动上的伟大意义。一首诗歌就是一个声明和行动，它在强力清除传统虚饰诗歌美学观念的同时，首先是诗人本身能活在真实中，使读者去感受真实的意义和力量，以个人的改变，进而去推动社会的变革，实现诗歌无用之大用的责任和使命担当。

30. 伊沙在一首诗中提到外国评论家说"他对中国诗歌民主化／做出了贡献"，并强调指的是他的作品。但在其作品之外，更是空前推动了中国诗歌的民主化进程。从《世纪诗典》《现代诗经》到《新世纪诗典》《当代诗经》，从《中国口语诗选》到即将出版的第一部《口语诗——事实的诗意》等其主编的选本，在专业严谨从不妥协的态度中，坚持诗歌面前人人平等、机会平等，给了那么多好诗歌、好诗人发表、出场和成名的机会，唤醒了很多诗人蒙尘的诗心，激发鼓励了许多诗人的活力和热情。以一己之力推动了中文诗歌和口语诗歌的繁荣，实属罕见。

31. 这次口语诗论战之后，对口语诗人来说，相信在诗歌内部会有一个为期不短的和平写作环境。但在诗学观念上，长期会有小的争论与摩擦，这是先锋和保守的必然对抗。每一个好口语诗人必须通过严谨自律的写作，来为口语诗正名和捍卫口语诗歌写作的先锋性。

32. 伊沙、徐江、唐欣、沈浩波、侯马、朱剑、西毒何殇、赵思运、韩敬源、庞华等口语诗代表诗人的口语诗理论和相关论述，组成和丰富了口语诗的主要理论架构和成果，这是口语诗趋向成熟的一个重要标志。本文旨在从一个更宽泛的角度来分析和谈论口语诗，日常写作中对口语诗及现代诗歌的思考，也体现在对《新世纪诗典》每日推荐诗歌的点评里。作为一位坚定的口语诗人，对口语诗的探索与思考永不会停止，它早已是自己生命和生活本身重要的一部分。

2018 年 11 月 1—2 日于长治，11 月 9 日修订

袁源

全新的诗人
——2018 年口语诗大展意义述评

　　很多年以后，当我们回看 2018 年 11 月 2 日这天，一定会想起这件对于中国诗坛来说，算得上划时代的大事："口语诗人为何必须战斗——2018 年口语诗大展"。

　　这次大展由诗人艾蒿策划，200 人每人 10 首，共 2000 首诗作。参展诗人分布、遍及 23 个省、5 个自治区和 4 个直辖市，北美地区也有 1 人参展。

　　纵观此次大展，参展规模之大、涉及范围之广、作品质量之高，无不堪称空前。口语诗人作为一个饱经争议的群体，通过这次大展，正式集体亮相。这是新诗百年以来，少见的可以与朦胧诗"三个崛起"，1986 年"两报大展"并称的重要事件，关乎汉语诗歌的命运与发展方向，也同样把一个全新的诗人群体，呈现在公众面前。

　　"三个崛起"的讨论，把在地下写作的"朦胧诗"诗群推到台前，打破了当时现实主义写作的一统局面，肯定了个人的价值和尊严，呼唤人道主义和人性复归。在创作上也引入多种艺术手法，注重个人内心情感的抒发。汉语诗歌从此进入了现代抒情阶段。

"两报大展"以运动和结集出版的方式，让一大批现代派诗人浮出水面。《诗歌报》和《深圳青年报》以正版的方式共三辑，推出 64 个流派，100 多位诗人的宣言和作品，冲破了以《今天》派为代表的朦胧诗对诗坛的艺术垄断，强调实验性、先锋性、前卫性和革命性。汉语诗歌自此进入以现代主义为主流的阶段。

而"口语诗大展"以网络自媒体为载体，由口语诗人自发组织，短短几天内，汇聚了全国各地以口语诗写作为共同艺术追求的诗人 200 人，通过作品而非口号，为争取和维护自己的艺术生存空间集体发声，在诗坛引起了激烈的反响。无论支持还是反对，点赞还是拉黑，自此之后，借用孙绍振先生说朦胧诗的话——"与其说是新人的崛起，不如说是一种新的美学原则的崛起"，可以说，汉语诗歌从此进入了后现代主义为主流的阶段。

抛开大的文化影响不说，单就其直接的价值来说，至少包括以下几方面。

一、为口语诗人造像

口语诗人是文本和人本高度合一的当代人，他们的诗歌作品的现场感、可触的质感、个人的形象气质、日常碎片化的呈现方式，集成为一个诗人真实而具体的形象。本次参展的诗人来自各行各业，自由而充满活力，写作都是出于自觉的艺术追求。

诗人西毒何殇曾在一次以口语诗人为主体的会议上，对参会诗人做了职业身份的不完全统计：

针灸医师、汽车设计师、人事经理、美术老师、工商干部、基金经理、图书出版人、卡车司机、农民、自由艺术家、面馆老板、石雕作坊主、画家、文联职工、警察、机关宣传员、杂志主编、出版社总编辑、初中学生、小学生、前新华社记者、大学教授、保安、果农……这些诗人都在此次大展名单里，管中窥豹，可以看到口语诗人身份的多样性和丰富性。

如此 200 位不同职业、不同身份的诗人，以最大的诚实把自己生活的真实，全方位呈现，让一个以"诗"为材料的社会众生相群雕，鲜活地生长在中国大地上。这是以往诗歌运动和事件都无法做到的，它由口语诗的特质所决定。

本次口语大展不同于以往"三个崛起"和"两报大展"是由诗歌评论家主导策划推进，而是完全由口语诗人自己策划、编选、审稿、发布，以诗歌文本为硬坎，少了过多的策略性人为干涉，因而"口语诗群雕"也显得更为真实而纯粹。

二、提供成熟的口语诗范本

本次展出虽然如平地惊雷，但实际上经过了一个漫长的筛选过程。

它背靠着的是伊沙主持《新世纪诗典》近 8 年来，每天推荐一首新世纪新诗佳作的深厚积淀。到目前为止，"新诗典"推出的诗人近千，只有五分之一为口语诗人，大约等于这次展出的 200 人。

参展的 200 人虽不能说水平统一，但他们具备了写出好作品的能力，身怀数首可以示人的优秀作品。每人拿出自己最高水平的 10

首诗来展示，经得起阅读，也经得起挑剔。

好作品的大规模结集，不仅可以让同行和读者读到不同风格的口语佳作，也可以让有诚意的研究者看到口语诗的复杂性和多样性，更可以为后来的写作者提供艺术母本和美学参照。

三、去主题化写作的影响

受"文以载道"和"诗言志"的传统观念影响，汉语文学，尤其是诗，至今跳不出主题写作的窠臼，由此带来根深蒂固的艺术工具论。致使汉语写作者，很难实现诗歌的"日常化写作"。

而"后口语"写作的最大特征，就是碎片化和日常化，把写作融于生活，把生活当成作品，以碎片化的方式，录下生命中的一切，用诗人独到的口气，叙述事件，呈现形象，记录现场，让生命中所有的"事件"诗意自现。至于技术，都是为了精确实现上述目标，而修辞，只是作为语言的点缀和修饰存在，是诗意空间内软装的部分。

新诗，不是才艺表演，不是社交道具，不是革命宣言，它作为一种以语言为载体的艺术而独立存在。

这次由 2000 首诗构成的展览，就是一曲体量颇大的"无主题变奏曲。"

四、开启诗歌民主化时代

口语诗的写作，最基本的要求是"真"，它并非没有门槛，但并不垄断在任何人手里。此次大展中口语诗人职业的丰富和年龄的差距特征说明，职业、身份、财富、地位、年龄、知识构成，都无法影响你去向日常生活要诗。

智性写作与智能媒体的结合，为口语诗拓展出巨大的生存空间，凡有手机处，必能写口语诗。当代背景下的口语诗写作强调日常化和碎片化，而手机把写作者从书房解放出来，让人随时随地抓取灵感，即时创作。

纵观文学史，书写工具的变革从来不是小事，从毛笔到硬笔，从电脑到手机，从手写到语音输入。写作工具的更新换代，不仅影响到写作和阅读方式，更促进了美学的变革。

自媒体的发展让发表和传播不再有门槛，以往的文学争论和事件，基本都在掌握媒体资源的"文化人"之间发生，而此次大展显著特征就是网络的自发性。虽然互联网在中国发展已经 20 年，微信自媒体传播也有 5 年以上，但如此大规模的自发性文学行为还是首次。

五、推动口语诗人的自省与自新

"口语诗人发起狠来连自己都害怕"，诗人李异的这个表述，在本次大展中得到了很好的体现。

策展人艾蒿对视野范围内的参展作品进行了海选加精选，严格把控质量，经过几次增删，最终入选的诗人定格在 200 位。在对口语诗自我更新与蜕变的诗艺追求中，口语诗人也实现了突破。

有人攻击口语诗缺乏传统诗歌音韵和谐的特点，你之毒药，我之甘露，口语从来不以死板生硬的押韵为美，口语讲求自然，讲求与个人呼吸的气息相吻合，每个人都有自己身体的节奏和韵律，他的语言当然也应该有他自己的口气。

通过此次展览，口语诗人在集中阅读同行作品时，应看到自己的优势和不足，找到独属于自己的生命旋律和语言节奏。

"爆竹声中一岁除，总把新桃换旧符。""2018 年口语诗大展"拉开帷幕，一群全新的诗人已站在舞台中央，随着流量和后续发酵，其意义或许会远超过业内很多人的想象。笔者目力所及，在当今中国诗坛，除了"口语诗"之外，似乎再无第二个标签，能聚集起如此蓬勃的能量。更不可忽略的是，"标签"在网络时代，就是关注度，就是影响力，就是爆破点，就是人心。不信，拭目以待。

趋近真实，朝向自由，创造新的诗歌之美（代跋）

唐欣

　　本书的编选历时近半年，按照主编伊沙的编辑方针和工作安排，先经过两个多月的"海选"，14位编委都提交了自己所选的30多首诗（其实很多人选的远不止这个数字，而是大大地、甚至成倍地超额），因为编委们的年纪从"50"后一直延伸到"00"后，他们的眼光、趣味不同，关注点和交际圈相异，选择几乎覆盖了所有正在写作的口语诗人群，应该说具有相当的代表性，然后经过两位副主编唐欣和马非的两轮筛选和整合，最后再提交主编筛选、审核和定稿，这才形成了这部沉甸甸的年鉴。口语诗的作者很多，作品量很大，但毕竟只有少数的、卓越的诗歌才可能被淘洗和挑选出来，虽然没有哪个诗人不渴望荣誉，但他们必定也深知这就是文学这种劳动的代价，好在写作本身已是报酬，诗歌本身就是补偿。

　　中国的口语诗迄今已逾30多年，在此期间，或明或暗，若隐若现，质疑和反对的声音一直没有停止，这当然并不意外，这正是先锋文学的标志和特点，口语诗本来无须为自己的存在辩护，为自己的合法性"正名"，但是为了喜爱它的广大读者，为了诗歌，确实需要有一个新作的盘点，有一个实绩的展示，有一个相对固定的平台。这大概就是这本年鉴的起因和意义。

像文学史上常见的新生事物一样，口语诗的命运也是在战斗中成长和壮大。我们甚至可以把反对的强度和压力，当作它的某种先锋指数。一般说来，新的诗歌遭遇的反对的人越多，大概就意味着它的叛逆性和革命性越强吧。当然，在最好的情形下，反对也是建设性的，批评可能也是在反向刻画它的美学，这反倒有助于新的诗歌对于自身的认识，但遗憾的是，口语诗迄今为止虽然碰到的反对不少，但像样的、够分量的批评却一直没有出现，这确实说明口语诗和一般人的诗歌趣味、诗歌习惯、诗歌阅读期望出现了断裂和巨大的分野，和更"传统"的、其他向度的诗人们的美学分歧也大到不可弥合。大多数人们似乎还没有做好理解和接受这种新的诗歌的准备，也没有具备欣赏和领会这种新的诗歌的能力（至于今年秋天网络上出现的针对口语诗代表诗人和口语诗的谩骂和攻讦，基本上没有任何理性含量，也严重不对等，很快就沦为一场"蚍蜉撼大树，可笑不自量"的笑话和闹剧。伊沙诗云："对我而言／吵架的最高境界／是把论敌骂笑了／如果他／人性尚存"。这差不多是菩萨心肠了，但这不会是奢望吧？），这表明口语诗对他们而言实在是太难了，太不可思议了，太超乎想象了。同时恐怕也证明他们太需要口语诗的冒犯和刺激了，也太需要口语诗的洗礼和提升了。本来嘛，如果诗歌不能改变和动摇人们的思维习惯，不能提供并刷新人们的审美体验和语言体验，要诗歌何用？

口语诗概念的后面，是大量的优秀诗人和诗歌作品，是不容忽视的巨大存在。但它也是一种永远在路上的可能性，它不断召唤着更多和更好的诗歌。它是一种诗歌理想，它有待于诗人们的持续创造。口语诗不是想出来的，也不是讲出来的，它是写出来的。事实上，诗人们一直在逐步摸索和建构自己新的美学。如果说20世纪80年代，刚开始时的口语诗更多地还只是一种语言学转向，是一种形式主义的创新，是一种姿态性的策略，那么，经过几十年的努力，今天的口语诗，可能已经标志着一种在新的认识论，新的世界观基础之上的诗学，指向一种在本体论意义上的新的诗歌。口语诗趋近真实，朝向自由，创造新的诗歌之美，它追求的是"事实的诗意"，它深入到我们社会生活的各个方面，深入到我们很多人心灵的各个方面，用鲜活的语言塑造出中国人生命、精神和灵魂的崭新形象。

我们虽然大体上能够感受到口语诗的创作有多么决绝，走了多么远，但真正阅读到年鉴里的作品，还是让人深深地感觉到震动和骄傲。这是赋予这个剧烈变动的世界以艺术秩序的诗歌，是捍卫人类个性、敏感和尊严的诗歌，是充满着现代汉语魅力的诗歌。比方说，在梅花驿的《扫盲》、苏不归的《望穿》、大草的《第四代》、君儿的《地球柳》的平静、甚至平淡的叙述里，我们感受到历史的巨大变迁；在杜思尚的《两百个鸡蛋》、邢昊的《吹唢呐的人把摩托车丢了》、大九的《稿费》、陈万的《寻找蟑螂》、了乏的《悲哀》、岳上风的《认命》、游若昕的《监控》、莲心儿的《北京地铁》、东岳的《我笑着笑着不笑了》等诗中，我们领略到置身其中但却未必总能看清、总能把握的复杂的当代生活；在潘洗尘的《母亲的嘱托》、还非的《米汤》、冈居木的《笑容》、李柳杨的《左秦》、大友的《两张照片》、姜二嫚的《活着》、茗芝的《身价》等诗中，我们似乎对周边老少同胞们的情感生活略有所悟；在侯马的《贰分》、徐江的《灵歌》、李伟的《说话的口吻》、刘溪的《母亲是飞走的》、乌城的《她的名字》里，我们好像也经历了那些细腻而微妙的心理过程；在沈浩波的《蓝棣之教授》、轩辕轼轲的《谁说达摩面壁无聊》、尚仲敏的《诗是什么》、苇欢的《祭李白》、宋雨的《写诗的同学》、刘天雨的《师生情》中，我们体会着这个时代与诗人之间的充满张力的奇妙关系；而在伊沙的《求索》中，我们一边跟随诗人探索着严肃的重大命题，一边也惊叹于这种探索居然可以用如此轻松、如此随意的闲聊语调进行。这些或者具体，或者精确，或者从容，或者神秘的诗歌见证了历史的矛盾与冲突，又克服并且超越了它们。我们为诗人们的境界和胸怀所感召，我们也为诗人们的激情和勇气所鼓舞，我们更为诗人们的奇思和妙语而心醉神迷。

同时，作为口语诗诗学建设的成果，本书的理论部分也收录了口语诗的一些重要文献，这里有伊沙关于口语诗原理性的多维思索，有沈浩波关于诗歌文本与人本、文学体制与诗人立场的讨论，有西毒何殇关于口语诗内部"前口语"和后口语诗的辨析，有庞华和韩敬源关于"后口语"诗学的具体梳理，有赵立宏和袁源关于今秋口语诗论战的总结和评论等，这对于我们了解和认识口语诗也提供了新的角度和参照系。

正如鲁迅所说，文学是国民精神的灯火。我们不要忘记，中国的新诗正是在一百年前的"五四"时代诞生的，口语诗的诗人们作为仍然葆有热血和激情，负有使命和责任的少数人，作为创造文明也传播文明的少数人，就像"五四"新文化运动的先驱们一样，他们当然要用自己的诗歌去"启蒙"和"战斗"。这就是他们对祖国，对诗歌的奉献。他们缔造的新的诗歌之美，也会唤起更多人的生活之爱。历史终将证明，他们的努力，无愧于这个伟大的世纪，也无愧于他们自己。

2018 年 11 月 13 日　北京椿树馆